目論見通り愛に溺れて？

1

『花のような美しさ、なんて誇張《こちょう》だと思ってた。君に出会うまではね』

……え。なにこれ。

午後十時二十五分。私――水原瑠璃《みずはらるり》はパソコンのキーボードに貼りつけられた正方形の付箋《ふせん》を手に取り、そこに連《つら》なっている文字を凝視《ぎょうし》する。

怪訝《けげん》に思い辺りを見回すも、夜のオフィスに人の気配はない。当然だ。今夜残業しているのは私だけなんだから。

パッケージデザインや本の装丁から空間まで、幅広いデザイン制作を手掛けるこの事務所に入社して一か月と少し。

ここで働くことを目標にしていた私が、事務所のほうから引き抜きの話をもらえたのは身に余る光栄であり、幸運だった。

なんせ新卒を取らず、ごくたまに中途採用情報が出ても該当者なしなんてことが珍しくない狭き門だ。自分の力を認めてもらえた気がして、本当に嬉しかった。

ここで働きだしてからというものプライベートは削られていく一方だが、一人前のデザイナーを目指して学び、刺激的な時間を過ごす毎日は充実している。

そしてこの場合の〝刺激的な時間〟とは、仕事において感性を刺激されるという意味合いである。

――こんな背筋に悪寒《おかん》が走るような刺激は全くもっていらないんですけど。

指先に引っ掛けていたコンビニの袋を自分のデスクに置く。がさ、という音がなんだかやけに響いた。

今夜の残業中、私がデスクを離れていたのは、ほんの十五分ほどだ。休憩《きゅうけい》がてら、近くのコンビニへ買い物に出掛けていた間だけ。そして戻ってすぐに発見したこの付箋《ふせん》――

つまり、私がデスクを離れていた十五分の間に、誰かがこれを私のパソコンに貼りつけたのだろう。

一体誰が、なんの目的でこんなものを？

筆跡を見ても、ぱっと思い当たらない。

この事務所では社員同士で連絡を取り合う場合、チャットアプリやメールを使用することがほとんどだ。

誰かのデスクに手書きのメモを残すことが全くないわけではないが、小さな用件も基本的にはパソコン上でやり取りをしている。

特に、新参者の私はまだ社員の書いた文字を目にしたことなどほぼない。

「花のような美しさって……」

手の中の黄色い付箋《ふせん》にもう一度目を走らせる。本当になんなんだ、これは。そもそも私を花のように美しいと表現する時点でおかしい。

ぱっと見としては褒《ほ》められている文面ではあるが、むしろ嫌がらせではないだろうかと勘繰ってしまう。正直気味が悪いし、なげやりな気持ちになった。

ぎゅっと眉を顰《ひそ》める。

ツンとした鼻もあがっている目尻も、冷たそうとかキツそうとかクールとか言われてしまいがちなのは、二十六年もこの顔で生きていれば自分が一番よくわかっているのだ。

しかも本来の自分はクールとはほど遠く――もっと言えばかなり子供っぽい性格だと自覚があるので、そんな風に形容されるたび微妙な気持ちになる。

ただそれに関しては、二十六にもなって人見知りを改善できず、相手に気をつかわせてしまう自分に問題があるのだけれど。

とにかく、〝花のような〟なんてなんだか温かみを感じる表現、私には似合わない。

「……あっ、締め切り！」

ふいに時計が目に入り、慌ててパソコン画面を覗《のぞ》き込む。

そうだ、こんなことに気を取られている場合じゃない。なんとしても今夜中に仕上げなくちゃならない案件があるんだから。

黄色い付箋《ふせん》をデスクの引き出しに放り込む。

事務所のゴミ箱に捨てて誰かに見つかったら気まずいから、家に持って帰って処分しよう、そう思ったからだ。

集中力が高いのか、ひとつのことしか考えられない単純な作りの頭なのかは自分でもよくわからないけれど、一度パソコンに向かえば、頭の中はすぐに仕事のことで一杯になる。

そうして、ようやく締め切り間近の仕事を終えたとき。満足のいく仕上がりに私は喜色満面《きしょくまんめん》だった。誰もいないのをいいことに、事務所内をスキップで移動したほどだ。

それから仮眠室のベッドに入り、朝まで少し眠ろうと思ったものの、脳が興奮していてなかなか寝つけず。

近くに置いていたバッグをいそいそと引き寄せ、大好きな少女漫画を取り出した。

締め切り間際は事務所に泊まることも寝つけないこともしょっちゅうなので、持ち歩いているのだ。ただし、死ぬほどにやにやしてしまうので知り合いの前では絶対に読まないと決めている。事務所内なら仮眠室限定だ。

十五年近く前に刊行されたこの漫画は、単巻で完結する高校生同士の恋愛物語。

何度読み返しても飽きることがない。見ずに描き起こせと言われたら多分できる。

それくらい読み込んでいる大好きな漫画だ。

物語の始まりは高校の入学式。とある男の子に一目惚《ひとめぼ》れをしたヒロインが、その想いと携帯電話のメールアドレスを記した手紙を彼の下駄箱に忍ばせる。

彼からのメールは届かず、けれど何日かしてヒロインの下駄箱に手紙が入っている。彼が、携帯を持っていないからとわざわざ手紙で返事をくれたのだ。

そこから手紙のやり取りが始まるが、実はヒロインは手紙を届ける下駄箱を間違えていた。その下駄箱を使っているのはちょっとやんちゃな、ヤンキーっぽい男の子だ。間違いに気づいたヒロインは、手紙をやり取りしている彼が気になり始め——

……ああだめだ。何回読んでもだめだ。

控え目に言っても心拍数爆上がりで死ぬほどにやける。

ヒロインもヒーローも、かわいくてかわいくて好きすぎる。

仕事が仕上がったのとは別の意味で脳が大興奮、大騒ぎである。

そして、ふと思う。

あの不可思議な黄色の付箋《ふせん》も、一応は〝手紙〟に分類されるものなのかな、と。

「……悪戯《いたずら》にしても、どうせ届くなら漫画の中の手紙みたいなのがよかったなぁ」

ああいう歯の浮くような文面じゃなく、この漫画のヒロインやヒーローが書くような、わかりやすくかわいさ溢《あふ》れる手紙が届いたらよかったのに。なんて、勝手だろうか。

結局、その夜は睡眠をとることなく漫画を読み進めた。

迎えた締め切りの日の朝、出勤してきた社長に仕上がりをチェックしてもらうと、なんとかゴーサインが出た。安堵《あんど》感と達成感に包まれ肩の力が抜ける。

そしてその日の夕方、帰り支度《じたく》をする頃には——引き出しの奥に放り込んだ黄色の付箋《ふせん》のことなど、綺麗《きれい》さっぱり忘れてしまっていた。

2

付箋《ふせん》の存在を思い出したのはそれから二週間後のことだった。

社長が突然「今日はノー残業デーにする！　全員六時退社だ！」と言い出した金曜日。初めて自分の職場で耳にしたノー残業デーという響きに、私は驚きながら帰り支度《じたく》をした。

時間との戦いになることが多いデザイン業界で、こういった取り組みをしている事務所があるとは。

不思議に思って隣のデスクの椎名《しいな》さんをちらりと見やる。

ほとんど話したことはないが、よくあることなのかと尋ねてみてもいいだろうか。大丈夫かな。人見知りが発動し、顔が強張《こわば》っているのを自覚しながら、声をかけてみる。

「ああ、ノー残業デー？　珍しいことじゃないよ」

「あ、そうなんですね」

ただし、社長がノー残業デーと言い出した翌週には必ず忙しくなるというジンクスがあるそうで、「抱えている仕事があったら早めに片づけちゃったほうがいいよ」と遠い目でアドバイスをくださった。

「椎名。これからいつもの店行くけど、どうする？」

椎名さんが席を立ったタイミングで、向かいの席の男性社員が彼女に声をかける。

「行く行く」

「じゃあ店まで椎名も一緒に……、あっ、み、水原さんもよかったらどう？」

いきなり振られた話に「え？」と首を傾《かし》げると、男性社員はあからさまにどぎまぎした様子で、なぜか慌てたように手を動かした。

「社長が一斉退社を言い出した日は、暇なメンバーで飲みに行くことが多いんだ。もしよかったら……、あ、でも、きっと予定あるよね。無理しなくていいよ」

「あ……、あの」

「いいよいいよ、無理に来なくて大丈夫だからっ」

そう言われると、なんだか遠回しに来るなと言われているような気がして胃のあたりが重くなった。そしてすぐさま、なんてネガティブな思考だと自嘲する。

どちらにしろ、今日は予定があるから参加はできないのだけれど。

「あの、きょ、今日は予定がありまして」

「そっか！　いきなり誘っちゃってごめんね！　椎名、外で待ってるから早く来いよ」

言葉の前半を私に、後半を椎名さんに話しながら、彼がばたばたとオフィスを出ていく。

その背に『誘って頂いてありがとうございました』と声をかけようとしたけれど、喉に引っかかって出てこなかった。

もう少し愛想よく対応できるようになりたい、と願望を心の中で呟《つぶや》いてみる。

それを十何回か繰り返しふと我に返ったとき、幼稚なことをしているような気がして恥《は》ずかしくなってしまう。思わず顔を覆《おお》った。

「瑠璃？」

ぱっと顔を上げると、ビジネスバッグを持った背の高い男性が私の真横に立っていた。この事務所の副社長である羽角《はずみ》さんだ。フロアに残っているのは、どうやら彼と私だけらしい。

「あ、はい」

「どうしたの。すごい顔してたけど」

くすくすと笑いながら背をぽんと叩かれる。慌てて首を横に振った。

「いえ、別に」

「そう？　目をかっ開《ぴら》いたまま動かないから何事かと思った」

「かっ開《ぴら》いてなんていませんよ……」

真っ黒い髪を揺らしながら、副社長が背を丸めてこちらを覗《のぞ》き込んでくる。

目の前に大層煌《きら》びやかなお顔が現れたものだから、慌てて椅子のキャスターをうしろに転がし物理的な距離をとった。

秀麗《しゅうれい》な容姿は、ただそこにいるだけで眩《まぶ》しい。

「どうして瑠璃は俺が近づくと条件反射のように逃げるかな」

形のいい眉とくっきりとした目元が、困ったように歪《ゆが》む。

この事務所の副社長である彼、羽角晶斗《あきと》さんは、他のデザイン事務所で働いていた私に引き抜きの話を持ってきてくれた恩人である。

ふわふわとした雰囲気で人当たりが柔《やわ》らかく、でも仕事にはストイック。

デザイナーとしても人間としてもお手本のような人で、誰よりも尊敬している。

私にとっては、お会いしたら拝みたくなる神様みたいな人である。

この事務所に入ってから一か月だが、彼とは私が学生の頃からの知り合いで、出身大学が同じなのだ。

といっても、副社長は私の六つ上の三十二歳なので同時期に在学していたわけではなく、彼がOBとして学祭にやって来たのをきっかけに顔見知りになった程度の、薄い付き合いだったけれど。

私が社会人になって、前の職場に勤めだしてからは、二社合同でデザインの仕事をした際同じチームになったり、その他コンテストやパーティーで何度も顔を合わせたり。仕事上でなにかと縁があった。

「逃げているわけではなく、恐縮しているだけです」

「なにそれ」

ふふ、と微笑《ほほえ》む仕草はとても上品だ。

私には、副社長の所作のひとつひとつが優雅《ゆうが》で、気品に溢《あふ》れているように見える。

「瑠璃は今日の飲み会参加するの？」

「いえ、私は予定がありまして」

「そうなんだ。残念だな。瑠璃とゆっくり話したかったのに」

先ほど思い切りネガティブ思考に陥《おちい》ったので、そういった言い方をしてくれる彼の優しさが心に沁《し》みた。ありがたいな、と感謝の眼差《まなざ》しを向ける。

「あ……と、副社長は参加されるんですね」

「それ、なんかやだなぁ」

「はい？」

「副社長じゃなくて、これまで通りでいいよ。うちに来た途端《とたん》よそよそしくない？」

「いえ、そういうわけには」

先輩社員の方々が役職で呼んでいるのに私だけ〝羽角さん〟と呼ぶ勇気などありません。

そう、はっきり言うのはなんだか気が引けるので、曖昧《あいまい》に濁《にご》して顎《あご》を引く。

「むしろ名字じゃなくて、名前で呼んでくれてもいいのに」

「無理です」

思わず即答すると、ははっ、と軽い笑い声が返ってきた。

「仕事はどう？　慣れてきた？」

「やっとやっと……やらせてもらっている感じです。毎日学ぶことばかりで、楽しくて」

「そっか。それはよかった。期待してるからね。困ったことがあったら、なんでも言って」

「ありがとうございます」

彼は以前から、なかなか人と気さくに話せない私にこうして声をかけてくれる。ここに来てからはことさら気遣ってくれているのも感じている。

人見知りな私が、事務所内で唯一落ち着いて話せる人だ。

誰に対しても分け隔《へだ》てなく優しくて穏やかで、仕事のことだけではなく人としてもとても尊敬している し、憧《あこが》れの対象。優しいだけではなく、線引きはきっちりしているところも。だめなことはだめだと、笑顔でばっさりいくところも含めて、私もいつかこういう人になりたいと思う。

――けれど、ひとつ。

ひとつだけ、ずっと気になっていることがある。

そっと顔を上げ、洗練された上品オーラをまき散らしている副社長を見つめる。

「ん?」

目が合ってすぐ、彼が首を傾《かし》げた。

「あ、と。いえ、なんでも」

「どうしたの? 瑠璃、今日なんか変じゃない?」

そんなことありませんよと苦しい否定をしながら、そう長くはないこの会話で何度名前を呼ばれただろうと考える。

私がずっと気になっていること。それは、未だ彼に名前で呼ばれることだ。

もちろん嫌なわけではない。

こうして人目のないときには一向に構わないのだ。けれど、周囲に誰かいるとき……特に女性の目がある際には、名前じゃなくて名字で呼んで欲しいなー……なんて。

過去にやんわりとお願いしたことはあるのだが、私の言い方がやんわり過ぎて残念ながら伝わらず。さっき名前の話題になったときに再度、さらっと言えばよかった。

というのも、前の職場で彼と一緒に仕事をした際、彼と親しいという理由で女性社員にかなり激しめの敵意を持たれてしまったことがあるのだ。

それに対して私が上手く対応できなかったのが一番大きな問題だが、副社長に名前で呼ばれていることも、彼女たちを刺激する理由のひとつだったような気が……しないでもない。

この事務所内にはわかりやすく彼を狙っている女性はいないようだけど、今後どうなるかはわからない。

実はけっこうなトラウマになっているのである。

そう、つまりはこの思考、全力で保身のためだ。

尊敬している人に対して無礼《ぶれい》だろうかとうしろめたく思いながらも、心から願ってしまう。頼むから名字で呼んでくれと。保身を優先して全面的にごめんなさい。

「……あれ、瑠璃。デスク、随分《ずいぶん》散らかってるね」

少しだけ顔を傾けた彼が、私の背後のデスクに視線を注《そそ》いだ。

「あっ……、すみませんすぐに片づけます」

「それがいいよ。鞠哉《まりや》さんに見つかる前にね」

〝鞠哉さん〟とは、この事務所の社長のことだ。

社長にはいくつもの持論があり、そのうちのひとつが「デスクを整頓《せいとん》できない奴はいつまでたっても一人前になれない」というもの。

他にも「食べ物の好き嫌いが多い奴は人の好き嫌いも多い」とか「靴を揃《そろ》えて脱ぐ奴は仕事の呑み込みが早い」とか。

それが確実に当たっているのかは疑問だし、例えばデスクが汚いからといって仕事を回してもらえなくなるわけではないが、どれも正しておいて損はない習慣だ。

なのに、気を抜くとすぐこうなってしまう。

散乱している書類。放りっぱなしのペン。引き出しの中はもっと酷《ひど》いことになっている。

急いで片づける私を、副社長はその場に留《とど》まったまま見ている。

「……っ」

引き出しの中をひっくり返してすぐ。目についたのは、鮮やかな黄色だ。深夜まで残業したあの夜に貼られていた黄色の付箋《ふせん》。思わず息を呑んだ。

咄嗟《とっさ》にそれを引っ掴《つか》んで、隠すようにバッグの中へと押し込む。

「なに？　なにか隠した？」

「いえ、なんでもありません」

「そう……。あ、ねぇ。前話したお菓子のパッケージデザイン、正式に依頼を受けることになったよ」

「えっ、そうなんですね」

大手食品会社のパッケージデザインとは、かなり大きな仕事だ。

副社長はいくつもの案件を掛け持ちしていて、ただでさえ忙しいのに、まだキャパがあるなんてすごい、と単純に驚いた。

「瑠璃もチームメンバーに入ってる。同じチームで仕事するの久しぶりだね。忙しくなるだろうけど、楽しみにしてるよ」

「あ、ありがとうございます。頑張ります」

社長がノー残業デーと言い出した翌週には必ず忙しくなるというジンクスは、本当だったんだ。

ああ、今日は残業できないけれど、来週からまた気合いを入れて頑張らないと。

学んだことはすべて吸収して早く自分のものにしたい。早く早く、一人前にならなきゃ。引き抜いてくれた副社長の期待に応《こた》えるためにも。

そう胸の内で呟《つぶや》きながら、なんとか掃除を終える。

それから事務所の入り口にあるクローゼットへ移動し、そこから半袖《はんそで》の白いジャケットを取り出した。副社長はというと、今しがた空《あ》いた私の席に座りスマホをいじっている。

「気になるから、話戻していい？」

「なんでしょうか」

「さっき、あんなに慌ててなにを隠したの？」

「あ、えと……。副社長が気にされることではないと思いますよ」

「えー、そういうこと言う？」

ふっと目を細めた彼が、なんだかとても寒気のする笑顔を向けてきた。

え、なに今の顔。やめてすごく怖い。完全に笑顔でばっさりいくときのやつだ。

「その、家に帰ってから捨てようと思っていたものが、引き出しに入りっぱなしになっていて驚いただけです」

私が早口でそう言うと、彼は目を丸くしてから眉根を寄せた。

「家に帰ってから捨てようと思ってたもの……？　職場では捨てられない重大ななにかを忘れてたの？　存在自体？」

「あ、はい……。むしろ思い出したくなかったものでして」

「なにそれ、余計に気になるんだけど。一体どんな……」

「あっ、あの、私これから予定がありまして。すみません、お疲れ様でした」

「あっ、こら、瑠璃」

話が続いているのは承知の上で、事務所の扉を目指して駆《か》け出す。

あの付箋《ふせん》について説明なんてできるわけがない。なんか副社長の顔怖いし、とりあえずごまかして逃げるのが吉。

扉を閉じようとしながら「お先に失礼します」と全力で頭を下げると、「本当に失礼だよ」と笑い声が飛んできた。

わずかに顔を上げて目を動かす。そこには先ほどとは違う種類の、いつもの彼の笑顔があった。少しほっとした。

オフィスを出た私は、駅までの道のりを歩きながら夕焼けの空を見上げる。

ようやく七月が終わる今の季節。

今年の夏は本当に暑くて、この時間になってもなかなか気温が下がらない。

日中《にっちゅう》、夏の日差しに照らされたアスファルトは、まだ熱を持ったままだ。

「あれ」

ふと、道端に、都心には不釣り合いな季節外れのどんぐりが落ちているのを見つけた。しかも、この辺りにどんぐりのなるような木はないはずだけど。

なんだか嬉しくなって、いそいそ拾い上げる。手のひらに乗せてじっと観察してみた。丸々としていて少しの割れもない。やけに綺麗《きれい》な緑色のどんぐりだ。誰の落としものだろう。

「かわいいなぁ」

思わずそう呟《つぶや》き、持って帰ろうかなぁと考えたら意図せず頬が緩んだ。

どんぐりを包むため、ジャケットのポケットに入っていたハンカチを取り出す。

そうしてハンカチと一緒にポケットから飛び出したのは――

二つに折り畳《たた》まれた、黄色の付箋《ふせん》。

「え……」

どうしてこんなところに？

ついさっき、バッグの中に放り込んだはずなのに。

ジャケットのポケットには間違っても入れていない。

眉を顰《ひそ》めながら、とりあえずハンカチでどんぐりを包む。

それをポケットに戻し、ゆっくりと付箋《ふせん》を開いた。

『君は雪みたいだ。僕の熱い気持ちを前に、溶けて姿を消してしまいそう』

ぽかんと呆《ほう》けながら文字を追っていく。

バッグの中に放り込んだのとは違う文章。つまりこれは、私に届いた二つ目の付箋《ふせん》ということになる。

「か、勝手に私の姿を消すなよ……」

困惑と、ちょっとした恐怖の入り混じった呟《つぶや》きが、夕方の空気に溶けた。

3

「で、それが問題の付箋《ふせん》？」

「そう」

どんぐりに喜び、新たな付箋《ふせん》の登場に困惑してから一時間ほど。

馴染《なじ》みの居酒屋で待ち合わせをしていた友人に、挨拶《あいさつ》もそこそこに件《くだん》の付箋《ふせん》を差し出した。

この友人ならば、ネタとして笑ってくれるだろうと思ったのだ。悪戯《いたずら》だとわかっていても微妙な恐ろしさを感じる出来事を、彼女に思い切り笑い飛ばして欲しかった。そうしたらさっさと忘れられる気がした。

「わぁ……なんとも情熱的な」

けれど、友人はそんな私の予想に反し、真面目な表情で黄色い付箋《ふせん》を見つめている。ただ頬は真っ赤だ。私を待っている間に相当量飲んだのだろう。酔いが、かなり進んでいるらしい。

「あと見てみて、これ」

緑色のどんぐりを「かわいいでしょ」と掌《てのひら》の上で転がす。

しかし、友人は気のない返事をするだけだ。また拾ったの、好きだねぇと全く気持ちのこもってない言葉が飛んでくる。

「こんな綺麗《きれい》などんぐりが、緑の全く見当たらない都心に落ちてるってすごくない？　誰の落とし物かなぁって、なんかいろいろ考えちゃった。こう、どんくりの壮大なストーリーというか。リス界でこのどんぐりを巡って争いが起きてるかも、とか。でね、ほら、ちょっと不思議な力を使える女の子が手を貸してたりしてて……」

「ほら、じゃないよ。また突拍子《とっぴょうし》もないこと考えて……、じゃあなに、それはリスの落とし物だって言いたいの？　漫画の読みすぎ」

中学時代からの友人である美咲《みさき》が、ななめに流した茶色の前髪をいじりながらちらりと視線を寄越す。

私は「違うよ」と反論し、どんぐりをハンカチに包み直した。

そんなことが現実に起きるなんて思うわけない。そうじゃなくて、ただ私の頭の中に壮大なストーリーが広がっただけの話だ。緑色のどんぐりをきっかけに。

「瑠璃が綺麗《きれい》な石だの四葉のクローバーだの、なんか小学生みたいに収集してにやにやしてるのは今さらだけど。今度はどんぐりですか」

「……二十六にもなって、どんぐりを拾って喜んでるの、やっぱりおかしいかね」

「どんぐりは別にいいよ。それよりそのあと広がる物語が痛い。嫌いじゃないけど。あと、リス界で争いが起こるほど神々しいどんぐりが道端に落ちてる意味もわからない」

ストーリーにまできっちりだめ出しをされて、「ひどい！」と抗議の声を上げる。

すると、この付箋《ふせん》よりもどんぐりばかり気にしているあんたがおかしいんだと鼻をつままれた。

酔っ払っているからなのか、今夜の美咲は普段に比べて手厳しい。

「それよりこっちだよ、こっち。あのさぁ、すっごい疑問なんだけど……最初の付箋《ふせん》は、二週間前に渡されたんでしょ？」

「渡されてない。パソコンに貼ってあったの」

追加でオーダーしたホッケを見下ろして、箸を手に取る。

私の視界の中心には脂《あぶら》ののったホッケがあり、美咲の姿はそこから外れている。

しかし、彼女から呆《あき》れた目でじっとり見られているのはなんとなくわかった。

「なにその無意味な訂正」

予想通り、美咲は呆《あき》れているようだ。

これ以上ない呆《あき》れ声には口をつぐむことしかできない。

ホッケを食しながらそっと様子を窺《うかが》うと、彼女はビールを呷《あお》っていた。

「ねぇ、美咲。その付箋《ふせん》、笑い飛ばして。お願い」

「や、全然笑えない」

だんっ、と派手な音を響かせて、美咲がジョッキをテーブルに置く。

なんで笑ってくれないの。いつもならこういうとき大笑いしてくれるのに。笑ってよ、お願い。

「というかね、さっきからどうして瑠璃はこの付箋《ふせん》の内容について茶化してるだけなのかな？」

「だってツッコまずにはいられないよ。おかしいでしょ。勝手に花にされたり雪にされたりしてるんだよ。しかも最終的に消されてるし」

「いやいや、消えそうってだけで消されてないでしょうに……って、そうじゃなくて！　内容はこの際どうでもいいの！　もっとこう、真っ先に気にしなきゃいけないことがあるでしょ？　これを誰が書いたか考えようよっ。そっちを気にして！」

声を大きくした彼女が、テーブルの上にある二枚の黄色い付箋《ふせん》を指で叩く。

「あー……」

私が気のない返事をすると、「やる気出してっ、頑張って！」と今度は拳《こぶし》でテーブルをどんどんと鳴らし始めた。

「ちょっと瑠璃わかってるの!?　これラブレターだよ、ひっっっさしぶりの恋の予感だよ！　確かに渡し方といい内容といい、かなり個性的だけど、でもラブレターだよ！」

……なるほど。美咲にかかると、この不気味な付箋《ふせん》も〝個性的〟で済ませてしまえるのか。そうくるとは思ってもみなかった。

「あのさ瑠璃、差出人の目星くらいはついてるんだよね？」

「わかんない。誰だろうとは思ったけど、探してはいないし……」

「もう、なんでー……。あっ！　あの人は？　瑠璃の神様。めっちゃ顔が綺麗《きれい》で王子様っぽい……羽角さんだっけ」

「まさか。あの人が、こんなことするわけないよ」

美咲の冗談は軽く流したが、副社長が王子様っぽいという表現は頷ける。容姿も所作もそうだし、煌《きら》びやかな衣装もなんなく着こなしそうだ。

「そもそもこれ、ラブレターではないと思うけど」

彼女は先ほど〝恋の予感〟と言ったが、私には悪戯《いたずら》としか思えない。

そう主張すると美咲から、こんな手の込んだ悪戯《いたずら》をして誰が得をするのだとまた口撃を受ける。

「あのね、反応見て楽しみたい愉快犯《ゆかいはん》なら、瑠璃は選ばないから。職場の瑠璃は絶対反応薄くてつまんないから。つまんないからっ」

「職場での私を見たことないくせに、つまんないって二度言わないでくれる!?　で、でも確かに、職場だと顔も反応も、緊張して硬くなっちゃうんです、なに話したらいいんだろうって考えてると逆に話せなくなっちゃうんです、常々直したいとは思ってるんです……！」

ピンポイントでコンプレックスをつつかれ、しおれながらも一応言い返す。

私が外見で〝冷たい〟とか〝クール〟とか言われることを気にしているのは美咲が一番よく知っている。情けない話だが、親しくない人の前ではリアクションが薄くなってしまうのも。

それをあえて持ち出してまで発破《はっぱ》をかけてくるのは、私を心配してくれているからなのだろう。

「もうっ。どうしてそうやって頑《かたく》なに恋愛を避けるの。心配すぎていっそ腹立たしい……！」

心配と怒りがどう繋がるのか、私にはいまいちわからない。

「私、瑠璃がいつまでも同じところで……動けないでいるみたいな気がして、それが本当に心配だよ」

わからないけれど、彼女のまっすぐな優しさが私は好きだ。

嘘をつかないところも、私と違っていつだってポジティブ全開なところも。私の過去の出来事に対して、私以上に気を配ってくれるところも。

「美咲」

本当に悲しそうな顔をして、おしぼりをいじりだした友人の名を呼ぶ。

「私は悔《くや》しいよ。瑠璃が、あんな男をずっと忘れられないまま引きずってることが。だって、あれから何年たったと思ってるの？」

その瞳にうっすら涙が浮かんでいるのが見えた。

何年たっても私の悲しみを忘れずにいてくれる優しい友人の細い肩を、そっと叩く。

「もうとっくに忘れてるよ。未練なんて全くない」

「……本当に？　あいつに対する気持ち、少しも残ってない？」

「これっぽっちも」

「もうっ、じゃあなんで彼氏作らないのよーぅ！」

「うーん、やっぱ自信がね、どうしてもなくて。恋愛における自信。仕事が楽しいってのもあるかな」

「瑠璃が失《な》くしたのは、恋愛に関する自信だけじゃないでしょう。そもそもがそこそこネガティブな瑠璃が、やばめのネガティブになったのはあの男のせいじゃん！　だからね、その自信は、新しい恋でつけたらいいいと思うわけ、私はっ」

本格的に泣いている美咲に、付箋《ふせん》をずいと突きつけられる。

「だからー……、この付箋《ふせん》は悪戯《いたずら》だって。だけど今日まで忘れていられたから、美咲に笑い飛ばしてもらったら、すっきりしてまた忘れられるかなーと思って話したっていう……」

「えっ、忘れてたの。こんなにインパクトのあるものを……!?」

「あー、うん」

「こんな熱烈なラブレターなのに……、書いた人も報われないね……」

「え、美咲は気味が悪いと思わない？」

「うん、特には。差出人いいぞ、もっとやれ。もっと瑠璃にアピールしろ」

「それ、人ごとだからじゃないの!?」

そう尋ねると、即座に否定が飛んでくる。

「違いますー」

「本当に!?　これが自分の身に起きたとしても、差出人にさらなるアピールを要求するわけ!?」

前のめりで追及しても、彼女の答えは同じだ。

美咲がこれを真面目に〝アリ〟と言うなんて、にわかには信じがたい。

こうなってくると先ほどこの付箋《ふせん》を〝個性的〟の一言でまとめたのも、酔っているせいなのではないかと勘繰りたくなってくる。

美咲からアルコールが抜けたらもう一度聞いてみなきゃ。

――けれど結局、付箋《ふせん》については笑い飛ばしてもらえず。

そのあともハイペースで飲み続けた美咲が珍しく酔い潰《つぶ》れてしまい、自動的に私が彼女を送り届けることになった。

無事に美咲を彼女のベッドまで運んだら、なんだか帰るのが億劫《おっくう》になってしまい、美咲の隣に潜《もぐ》り込み手足を投げ出す。

明日は休みだ。もうこのまま泊まって行こう。歯磨きだけして……お風呂は明日貸してもらえばいいか。


そうして、美咲のベッドで眠りについた翌朝。

私が目を覚ましたとき、彼女はもうすでにキッチンに立っていた。

酔い潰《つぶ》れたことを申し訳なさそうに詫《わ》びながら、温かい緑茶とご飯と、おいしいそうなお味噌汁にふわふわの卵焼きまでお盆に載せて、こちらに差し出している。

「別にいいのに。私だって潰《つぶ》れることあるし、お互い様なんだから。でもあれだね、美咲は昔からこういうところが、ものすごくかわいいよね」

「なんとでも言って……昨日ほんとにごめん……」

今シシャモも焼いてるから……と、しゅんとした低い声で続けるものだから、その姿がまたかわいくて笑ってしまう。飲んでいた緑茶を噴き出しそうになった。

「美咲さん、ごはんのおかわり下さい」

「どうぞどうぞ、いくらでも。しかし君は本当に米が好きだね。そしてよく食べるね。食べた分はどこへ消えてるの？」

「まぁ、胸じゃないことだけは確かだよね」

「えっ、別に私、瑠璃が貧乳だなんてそんな！　細いのによく食べるねって言っただけだよ」

「貧乳ってはっきり言わないでくれますか。僻《ひが》みという名の呪いをかけるよ。明日の朝起きたら、あなたもまな板に……」

「うわ怖っ。貧乳の呪いだ」

「巨乳撲滅《ぼくめつ》」

冗談を投げ合いながらおいしい朝食を食べたあと、片づけを申し出たものの断られてしまう。

「瑠璃、お風呂溜めたから先に入ってきて」

「え、いいの？」

「いい」

「なんか美咲の旦那さんにでもなった気分……」

「昨夜酔っ払って介抱《かいほう》させたお詫《わ》びに、今日一日瑠璃の嫁に徹《てっ》する。タオル出しとくから、旦那様」

わざとらしい物言いがまた笑いを誘う。結局、お言葉に甘えることにした。

「はいこれ、部屋着。使って」

「なにからなにまで、すみません」

借りた部屋着を手に洗面所へ。居酒屋でついた煙草《たばこ》の匂いがするブラウスを脱ぐ。

それからふんわりとした形の膝丈《ひざ》シフォンスカートや下着も全部脱いで真っ裸になり、着ていたものを適当に畳《たた》んでいたときに――気づいた。

とんでもないところに貼りつけられている黄色い付箋《ふせん》に。

「……冗談」

三枚目の黄色の付箋《ふせん》。

たった今まで穿《は》いていた黒い膝丈《ひざ》スカートの裾《すそ》の……裏側に。

ご丁寧にセロテープで貼りつけられているそれを見つけた瞬間、気味が悪いどころか怒りが湧《わ》いた。

「もう!! なんなの！」

怒りに任せてセロテープを剥《は》がして確認する。

これまでは手のひらサイズの正方形のものだったけれど、今回は細長い形をした付箋《ふせん》だ。

折り畳《たた》まれて、小指の第一関節ほどの大きさになっている。

『君の肩にとまる鳥になりたい。耳元で囀《さえず》り大空の夢を見せてあげる』

「っ、なにこれっ、信じらんない！」

一体誰なのかなぁ、なんて呑気《のんき》なことを言っている場合じゃない。

「瑠璃？　どうした、の……」

一人で騒いでいた私を不審に思ったのか美咲が洗面所に入ってきた。

私が素っ裸で付箋《ふせん》を睨《にら》みつけているのを見て、目を丸くしている。

「私、決めた。この付箋《ふせん》について気にしないのも、忘れるのもやめた」

「え……ねぇちょっと、せめてパンツ穿《は》いたら」

「パンツなんてどうでもいい！　絶対に見つける！」

いいからパンツ穿《は》きなよ、と呆《あき》れ顔で繰り返す美咲に、付箋《ふせん》の貼りついていた場所を説明する。

それから現物を手渡した。

「あー……これ、よく気づいたね。しかしどうやって貼ったんだろう……、スカートの中って」

ははは、と笑う美咲の頬は引き攣《つ》っている。さすがに若干《じゃっかん》引いたらしい。

「瑠璃これ、耳元で囀《さえず》って夢見せてくれるって。濃いね」

「むしろ私が耳元で喚《わめ》いて、悪夢を見せてやろうと思う。絶対に探し出す……っ！」

「あー、でもこんな変態じみたことをする人なら、瑠璃がそんなんしたら逆に喜ぶんじゃない？」

はい、と美咲に付箋《ふせん》を返されて、手にした瞬間、握り潰《つぶ》した。

これは悪戯《いたずら》の範疇《はんちゅう》を完全に超越した変態行為だ。

犯人を絶対に見つける。そして、なにかしらの方法で報復！

「美咲。これまでの付箋《ふせん》の文面をどう思う」

「え、愛重めだよね。個性的」

「これがもしラブレターだとして、内容と渡し方含め美咲的にはあり？」

「うーん……昨日まではありだったけど、さすがにスカートの中に貼ってくるのはなしですかね。散々煽《あお》ってごめん。今はむしろ気をつけてと言いたい」

素面《しらふ》の彼女は『いいぞ、もっとやれ』とは言わず、本気で心配そうに瞳を揺らしていた。

でも昨日までは真面目にありだったのか。あと〝個性的〟という表現にも変わりない。

彼女の回答に少しだけ気が抜けたが、一度沸騰《ふっとう》した付箋《ふせん》への怒りはなかなか冷めることはなかった。

――その日以来、私の頭の中は黄色い付箋《ふせん》のことでいっぱいになった。

正確には、こんなことをしでかした人間は一体誰なんだ、という怒りに埋め尽くされることとなったのだ。

4

もし、恋をすることで動く時計があったとしたなら。

想いが届いてもそうじゃなくても、誰かを「好き」だと想うことで、針が動く時計があったとしたのなら。

私の時計は、一体どれくらい進んでいるのだろう。

私が唯一〝好き〟という気持ちを覚えたのは、幼稚園の頃だった。

相手は小さい頃からずっと一緒にいた幼馴染《おさななじみ》だ。

恋人という関係になったのは中学二年生のときで、私は彼のことが本気で好きだったし、ずっと一緒にいるのだろうと信じて疑いもしなかった。

けれど結局、大学生のときに別れた。付き合った期間は五年間。私が振られた。彼に、他に好きな人ができてしまったのだ。

それも、私ときちんと別れる一年近くも前から、その人と二股状態だったらしい。

そして彼は、そのことをあまり悪いとは思っていないようだった。

私が長い時間恋をしていた彼は恋愛に対してそういう価値観を持った人間だった。ただそれだけのことだ。

彼への想いは消え去り、長い夢から覚めたような気分になったものだ。

美咲が言っていた通り、私はあの恋で様々な自信を失った。

それは例えば、二股をかけられていたことに長い期間気づかなかった事実であったり、恋愛における彼の価値観を、ずっと一緒にいたのに正しく理解できていなかったことであったり。

だから、今の私が恋愛に対して消極的なのは過去の恋愛そのものに拘《こだわ》っているからではなく、結局は自分の問題なのだ。

その癖、本当は恋愛に憧《あこが》れてもいる。

子供っぽい願望だと自覚しながらも、大好きな少女漫画の中の登場人物みたいに、夢中になって、その人のことを考えているだけで時間が過ぎてしまうような瞬間をまた味わえたらと願ってしまうのだ。

自分がヒロインになれるとは思わないし、そんな自信は微塵《みじん》もない。

でも、それでも。

もう一度人を好きになれたらと願っている。いつか、漫画の中の誰かみたいに。

こんな恥《は》ずかしいこと、美咲にだって言えない。

——あの頃、私は恋の時計の針を一体どのくらい進めたのだろう。

そしてこの先、その時計の針が進む日は、やってくるのだろうか。

このところ、ふとした瞬間にそんなことを考えてしまうのは、多分。

毎日毎日、あの付箋《ふせん》を寄越した相手のことばかり考えているからだ。

それはまるで、時計の針を進めていたあの頃のように——今の私は一日のうちの長い時間、ある人物に頭の中を占領《せんりょう》されている。

三つ目の付箋《ふせん》が届いた日、美咲の家から帰った私はまず、犯人を探すために今までの状況を整理してみることにした。

ひとつ目の付箋《ふせん》はパソコンに貼りつけられていた。

あの時間まで残業していたのは私だけだった。コンビニへ行くために十五分ほど事務所を離れたけれどオフィスの鍵はしっかり締めて出たはずだ。

二つ目の付箋《ふせん》が届いたのは、社長が突然ノー残業デーと言い出した日。

事務所のクローゼットにかけていた半袖のジャケット、そのポケットの中に付箋《ふせん》が入っていた。

三つ目も同じ日だ。貼られていた場所はスカートの内側。

いつ、あんなところに付箋《ふせん》を貼られたのだろう。それも全く気づかせないように。

冷静になって考えてみると、そんな機会を与えてしまったであろう瞬間には容易に思い至ってしまった。恐らく、昼休みのときだ。

お弁当を持参している私はデスクでお昼を済ませることがほとんどで、あの日ももちろんそうだった。

他の社員は大抵外に出て食事をとるので、昼休み事務所内に私のみという状況は珍しくない。

そして食べ終わって余った時間は、こっそり漫画を読むか昼寝をして過ごしている。

昼寝なら、横になってしまうと寝起きが辛いのでデスクで。漫画を読むなら仮眠室だ。

あの日はどうだったろう。はっきりとは思い出せないが、スカートの内側に貼られたということは昼寝をしていたのかもしれない。

困ったことに相当眠りが深いので、スカートの内側に付箋《ふせん》を貼られていたとしても気づけない自信がある。心から欲しくなかった自信だ。

そうしてただ状況を整理しただけで、犯人は事務所内の二人に絞られていた。

二度目三度目のときなど、犯行可能な人物は一人しかいない。

私が昼寝をすること、眠りが深いことを知っていて、尚且《なおか》つオフィスの鍵を常に持っており、あの日みんなとお昼に行かなかった社員。

犯人を探すと決めてから目星がつくまでは、驚くほどあっという間だった。

スカートの内側に付箋《ふせん》を貼るだなんてふざけた行為。文学的で歯の浮くような文章。存在を全く隠す気のないその行動はまるで、犯人に〝早く気づけ〟とでも言われているかのよう。

あんなに激しい怒りを覚えたはずなのに。

付箋《ふせん》の送り主がわかった瞬間、そんなものはどこかへ吹き飛んでしまった。残ったのは疑問だけだ。どうして？　なんのために？

あんな変態じみたことをする人じゃないと知っているからこそ、疑問は膨《ふく》らむ一方だった。

三つ目の黄色い付箋《ふせん》が届いた日から一か月あまりが過ぎた今もずっと、そのことばかりを考えている。

こっそり観察するつもりで様子を窺《うかが》うと何度もぶつかる視線。

けれど本人に確かめることもできないまま、時間だけが過ぎていく。

あれから付箋《ふせん》は届いていない。

なのに送り主のことが気になって仕方がない。どうしようもないほどに。忘れることなんて、とてもできそうにない。

「瑠璃。ちょっといい？」

「はい」

今日も麗《うるわ》しい微笑《ほほえ》みを向けてくる副社長に、疑いの視線を向けてしまう。

いつも通り接しようと思っているのに、それがなかなか難しい。

この人があんなものを、あんな場所に貼る？

こんな上品な人が、あんなことをする？

「……瑠璃？　聞いてる？」

「す、すみません。もう一度お願いします」

「この間ね、クライアントさんに紅茶をもらったんだ。で、時間あるとき瑠璃に淹《い》れて欲しいなって。瑠璃の淹《い》れるお茶、おいしいから」

自分で淹《い》れるとどうしてもおいしくならなくて、と副社長が困ったように笑う。

「わかりました。じゃあ今から……」

「ううん。今すぐじゃなくていいんだ。時間があるときで。ごめんね、こんなこと頼んじゃって」

前の職場では女性がお茶を淹《い》れることが当然だった。

でもここでは、飲み物は必要なときに各々《おのおの》が用意することになっている。

自分のことくらい自分でやれ、というのが社長の考えなのだ。

それは副社長も同じ考えだそうで、だからこうして時折「お茶を淹《い》れて」と頼みにくるときは、いつだって申し訳なさそうだ。

私はこういうところにも副社長の人柄のよさを感じる。

――やっぱり、私の思い違いなんじゃないかな。この人が、あんなことするわけないよなぁ……

彼を尊敬する箇所は数えきれないほどあって、それを目にするたびに、私は副社長を疑っている自分を疑う。彼を疑って、自分を疑って。この一か月ずっとその繰り返しだ。この堂々巡りは、精神が非常に疲弊《ひへい》する。

「大丈夫ですよ。今ちょうどお茶を淹《い》れに立とうと思っていたので」

気にしないで下さい、と顔の前で手を横に振る。すると彼はとても嬉しそうに笑った。

「ありがとう。紅茶缶は給湯室の吊《つ》り戸棚の中に入れてあるよ。色はモスグリーンです」

「わかりました」

「すみません、お願いします」

大仰《おおぎょう》に頭を下げた彼に恐縮し、手も首もぶんぶんと左右に振り肩を竦《すく》めた。

給湯室のある廊下へと繋がる扉を開き、足を進める。

フロアと廊下は分厚い扉で区切られている。廊下を東に進むとシャワールーム、パウダールーム、トイレ、仮眠室があり、西に進むと資料室と倉庫と給湯室がある。給湯室は西側の一番奥の部屋だ。

給湯室に入り、まずはポットにお湯を注《そそ》ぐ。

ポットを温めている間に棚からカップを取り出し、それから昇降式の吊《つ》り戸棚に手を伸ばした。

「モスグリーン、モスグリーン……。あ、これか」

社員がそれぞれ用意しているお茶のパックや瓶《びん》、缶が並ぶなか、モスグリーンのそれはすぐに見つけることができた。棚の一番手前、とてもわかりやすい位置に置いてある。

よいしょ、と小さな声で言いつつ、頭の上で缶を持ち上げた。

「え……」

モスグリーンの缶の底に、鮮やかな黄色の付箋《ふせん》。

どくん、と心臓がわかりやすく音を立てる。

どうしてかはわからないけれど、泣きそうになった。

紅茶缶の底からゆっくりと付箋《ふせん》を剥《は》がし、連《つら》なる文字に目を走らせる。

『人は情熱を火にたとえるけど僕の気持ちは正しくそれだ。君への想いが募《つの》るあまり、自身まで焼きつくしかねない』

あの人の上品な微笑《ほほえ》み。優雅《ゆうが》な仕草。

人としてもデザイナーとしても、いつだって私に手本を見せてくれる完璧な人。私にとっては神様みたいな人。

「ほ、ほんとうに、羽角さんなんだ……」

信じられないし、信じたくない。

驚いているし、彼を信頼する気持ちには、ぴしりとヒビが入った。

唐突に、美咲の声が頭の端《はし》で響く。

〝こんな熱烈なラブレターなのに……、書いた人も報われないね……〟

ぶわ、と耳の奥になにかが流れていく感覚。

どこもかしこも、皮膚という皮膚がカッと熱くなる。

「……君への想いが募《つの》るあまり、自身まで焼きつくしかねない」

声に出してみると心臓の高鳴りが余計に酷《ひど》くなる。

私はそのまましばらくの間、付箋《ふせん》に書かれた文字を目で追い続けた。

黄色の付箋《ふせん》が〝ラブレター〟であると、全身で意識しながら。

5

ふらふらと頼りない足元に注意しながら、湯気のたっているカップを運ぶ。

副社長のデスクへと近づき、なるべく顔を見ないようにしてそっと置いた。

「瑠璃……」

「あ、いたいた。水原」

彼が声をかけてきた瞬間に、背後から社長に肩を叩かれた。

副社長の前で平静を装《よそお》える自信もなければ、どんな顔をしたらいいのかもわからない。

だから、社長に呼び止められてほっとした。

「ちょっと回したい仕事が……、おい。お前どうした。大丈夫か？」

私の視線の先で、社長が怪訝《けげん》な表情になる。

「あー、と……」

「顔真っ赤だけど。顔っつーか首まで真っ赤だけど。体調が悪い？」

「い、いえ」

相対するのが社長になって、ほっとしたのも束の間。

死ぬほど動揺したのが尾を引いて上手く言葉を返せない。口がちゃんと回っていないような気がする。

そしてそんな私を、副社長がじっと見ている。

視線をうるさく感じるのは自意識過剰だろうか。

「あの、社長。体調が悪いわけではないので、大丈夫です。任せて頂ける仕事がありましたら、回して下さい」

滑《なめ》らかには動かない口をできるだけゆっくりと使って、言葉を発する。自分でもわかるくらいに声が震《ふる》えた。

「ほんと、真っ赤だね。大丈夫？　さっきはそんなことなかったのに……なにかあった？」

横から会話に参加した副社長の言葉に驚いてしまう。悔《くや》しくてすぐに唇を噛《か》んだ。視線の端《はし》でちらりと彼を見ると、心配そうに眉尻を下げている。

思わず、先ほど見つけた黄色い付箋《ふせん》を押し込んであるスカートのポケットを叩いた。

なにが『なにかあった？』だ。信じられない。

なにかなら、ありましたけど。今、私が死ぬほど動揺しているのはあなたのせいですけど。

文句が零《こぼ》れてしまいそうだ。

どうしてそんなに平然としていられるんだろう。

「ご心配……ありがとうございます。大したことありません」

なんでもないなんて絶対に言いたくない。

そうやって私が返した、微妙に的《まと》の外れた返答も棘《とげ》のある言葉も、副社長はくすくすと笑って受け止めている。

その様《さま》がすごく楽しそうなのは気のせいであって欲しい。

この状況を楽しむとか、どういう神経してるんだと言いたくなる。上品さが微塵《みじん》もない。気品はどこへいった。

だというのに思い切りドキドキしている自分も意味がわからない。

「片方、割と急ぎの案件なんだけど、本当に大丈夫か？」

言いながら社長が差し出してきたデータを受け取り、急ぎの仕事の内容について耳を傾ける。

「はい、大丈夫です。やらせて下さい」

「そうか。じゃあ頼むわ。で、もうひとつの仕事はポスターのラフ画な。もちろんチェックはするけど、好きにやってみて」

「えっ、い、いいんでしょうか」

ラフ画を任されるということは、デザインそのものを任されるということだ。普通は社長や羽角さんのようなディレクターが描くもので、私のような新参者がやらせてもらえるような仕事じゃなかった。

「え？　うちは俺もアキもデザイナーにラフ画をどんどん振っていくけど」

事務所によって仕事のやり方は違う。

わかっていたが、以前の職場と違いが大きすぎて驚いてしまう。

「クライアントの意向はデータになんとなく入ってるけど、固まってないみたいだからこちらからも二、三提案するつもりで。とりあえず、かわいい系のキャラクターの案はマストで欲しいらしい」

「はい、わかりました」

「無理なら早めに言えよ。アキに仕事をスライドするから」

「アキ」とは羽角さんのあだ名だ。晶斗だから、アキ。事務所内で彼をそう呼ぶのは社長だけだが。

にやりと唇の端《はし》を上げた社長が、副社長のデスクを軽く叩く。

「俺？　キャライラストなら絶対瑠璃だよ」

「もちろん、俺もそう思ったから水原に振ってみたんだって。お前は補欠要員」

「ふーん、補欠。この事務所にそんな制度があるなんて知らなかったな」

「うるせ。水原、安心しろよ。補欠確保したから」

「は、ははは……」

社長と副社長の冗談の応酬《おうしゅう》はいつものことだ。そして、その冗談が突然こちらへ飛んできたりすることも。

それにしても副社長が私の補欠なんて、恐れ多い冗談。

愛想笑いなんて元から上手じゃないけど、今はなんかもう頬が攣《つ》りそう。

「アキ、そろそろ出るぞ。打ち合わせ」

「この紅茶を飲み終えたら支度《したく》するよ」

「急げよ」

社長が去り際に、「水原、頼むな」とまた私の肩を叩いた。

それに頷き返し、私もそのまま自分のデスクを目指す。

「あ、瑠璃。ちょっと」

その呼び止めには全力で遠慮したかったけれど、そうもいかない。彼は私の上司だ。

無言で立ち止まり、渋々副社長のほうへ顔を向ける。

「しばらくの間は残業が続きそうだね」

「はい、恐らく」

「なにかあったら遠慮なく連絡して」

「……お気遣いありがとうございます」

「こちらこそ、紅茶ありがとう。お礼言ってなかったから」

〝紅茶〟という単語だけで、今の私は冷や汗がかける。動悸《どうき》も酷《ひど》い。

「やっぱり瑠璃が淹《い》れるとおいしいな。紅茶だけじゃなくて、なんでも。どうしてだろう」

「さ、さぁ。特別なことはなにも」

お茶の淹《い》れ方が上手いなんて、副社長以外に言われたことがない。

かなりの確率で気のせいだと思うが、必要以上の会話は控えたかったので、その言葉をごくりと呑み込んだ。

「手、なのか……――」

「はい？」

副社長が小声でぽつりと言ったものだから、言葉の最後が聞こえず。

聞き返してみたけれど、彼は笑うだけでなにも答えなかった。


それから二週間の間、私は毎日残業をしてラフ画の制作を進めていくことになった。

イラスト込みの仕事は私にとってわくわくと心躍《こころおど》るもので、飛ぶように時間が過ぎていく。

ただ今回のようにラフとしてイラストを描き提案しても、これがそのまま商品になるわけではない。使用するイラストを実際に描くのはイラストレーターの仕事。私の役目は、そのイラストをどのようにレイアウトするのかを考えることである。

デザインとイラストは違う。

けれど、学生の頃、将来進む道をデザイナーと定めてからも、イラストの勉強もしておいて本当によかったと思う。あの時間は、間違いなく今に活《い》きている。

絵を描くことは昔から好きだった。漫画を見よう見まねで描いていたこともある。

ただ、それは好きというだけで、イラストレーターや漫画家になれるほどの腕があるわけではなかったし、なにより私はデザインの仕事をしたかった。だから学生時代の学びの比重は当然そちらに傾いた。

そんな私に助言をくれたのが——副社長だった。

様々なタッチで絵を描けることは、近い将来、必ずデザイナーとしての私の武器になると。

『だから今、時間のあるうちにしっかりイラストのことも学んでおいたほうがいい。いろんなものを見て吸収して、引き出しを増やす努力をして』

そうやってアドバイスをもらって、デザインと並行してイラストについても学んだ結果、今の私がある。

彼の言葉は真実だった。

イラストが描けるということは、本当にデザイナーとしての私の武器になったのだ。

「うーわー……」

そこまで思考して、私は自分のデスクに項垂《うなだ》れた。

仕事をしながら、また副社長のことを考えている自分に気づいてしまったからだ。

——羽角さん、どういうつもりなんだろう。どうして、なんで。

付箋《ふせん》の送り主が羽角さんだとわかってから、彼のことを頭に思い浮かべる時間はますます長くなる一方だ。

どうしてこんなに頭から離れてくれないのか、自分でもよくわからない。

あの出来事で、彼に対する信頼にヒビは入った。

ただ不思議なことに尊敬の念は少しも薄れていない。

それから、あれ以来彼と顔を合わせると意識してしまい平常心を保つのが難しくなった。

彼はいつも通りだが、私だけが異常に意識しているのだ。

羽角さんは事務所内で唯一、落ち着いて話ができる相手だったのに。

ああ、羽角さんのことを考えていると集中が鈍る。集中力だけはあるはずなのに。残業ではあっても仕事中なのに。

はぁー……と、重苦しいため息を吐き切った。

「……よし、がんばろ」

わざと声にして、もう少しで仕上がる目の前の仕事に集中しようと試《こころ》みる。

なんとしても今日中に終わらせちゃおう。帰るのは諦《あきら》めて、仮眠室で休めばいいや。他に締め切りがかぶってる人は誰もいないし、ベッドを使ってもいいよね。

多少気が散ったまま、結局ラフ画が仕上がったのは、終電の時間をとうに過ぎた午前一時半頃だった。

今回は達成感を覚えるよりも先に疲労がやってきた。

ずるずると足を引きずってシャワールームへ向かい、汗を流す。

それから肌の手入れをし、髪を乾かして仮眠室のベッドへ。

時刻は午前二時十五分。明りを常夜灯に絞り目を閉じる。

精神的にも肉体的にも疲れているのに、なかなか寝つけない。また漫画を読んで朝まで過ごそうか。そういえば昨日買った新刊を持ってきたんだっけ、とバッグに手を伸ばす。

すると、コンコン、とノックの音が響いた。

びくりと体が震《ふる》えて鳥肌が立つ。そしてまた、ノックの音。

今夜残業の申請をしていたのは私だけ。事務所には誰もいないはずだ。繰り返すが時刻は深夜二時過ぎ。

コンコン。また音が鳴る。

なにこのホラー。怖すぎてちょっと泣きそう。勘弁《かんべん》してよ、心霊現象⁉

どうすることもできずに布団をかぶって固まっていると、ドアノブを引く音が聞こえてくる。

「やだって！　やめてよ！　おばけ的なの、ほんとに無理！　無理です！」

半泣きで叫ぶ。と、聞こえてきたのは――

「おばけじゃないよ。かわいいな」

という笑い混じりの、明るい声だった。

布団を剥《は》がされる。本気で涙が滲《にじ》んでいる目を少しだけ開いた。

常夜灯に照らされて微笑《ほほえ》んでいたのは――羽角さんだった。

「こっ、これはこれでホラー……！」

「失礼だなぁ」

飛び起きつつ思い切り本音が出てしまったが、言った言葉をなかったことにはできないのでしょうがない。

泣いていたことがばれるのが嫌で、慌てて目を擦《こす》った。

「おばけだと思ったの？　普通さ、まずは人間を疑わない？　例えば泥棒とか」

そんなこと言われても、恐怖のノックに対して咄嗟《とっさ》に出てきた推測が心霊現象だったんだ。

「俺とか」

でも確かに、泥棒以外の——それも事務所内の人間で考えてみたら、今夜ここの鍵を持っているのは副社長だけだ。社長は海外へ出張に出ている。

そして他に残業を申請した者もいない。

「かわいいね瑠璃は。本当にかわいい」

「や、めて下さい。かわいくなんてありませんから」

副社長の顔が、どんどん近づいてくる。

その表情が恍惚《こうこつ》としているのが、常夜灯の下でもはっきりとわかる。

「こんな時間に、なんで」

「うん、最後は自分で渡そうと思って」

はい、と付箋《ふせん》を手渡され、心拍数が上昇する。

「これで最後」

言いながら、羽角さんがベッドへ上がってくる。ぎぃ、とスプリングが軋《きし》んだ。

上半身を起こしている私の太腿《ふともも》辺りを、彼の長い足が跨《また》ぐ。少し開いていた私の足の間に腰を下ろして両膝《りょうひざ》を立てる。そして、自分の膝《ひざ》の上で頬杖《ほおづえ》をついた。

「読んで」

もう片方の手が、こちらに伸びてくる。

「読んでよ。それで、読み終わったときには、瑠璃の頭が俺でいっぱいになってるといいんだけど」

「……どういう意味ですか」

これを読まなくたって、私の頭の中はすでに彼のことでいっぱいだ。

でもそれがなんだか悔《くや》しい。だからはぐらかした。

「どういうって。俺の願望」

渡されたのは正方形の付箋《ふせん》だった。紙を裏返して、文字に目を走らせる。

『君は僕の光なんだ。君がいない世界は目の前すら見えない闇、心が死んでしまうよ』

「ふざけてない。本気だよ」

漆黒《しっこく》の髪が揺れる。綺麗《きれい》な二重の線が、ありえないほど近くに見える。

「ねぇ瑠璃。最初の付箋《ふせん》を届けてから今まで……俺のこと、意識してくれた？」

耳元で囁《ささや》かれて、背筋が粟立《あわだ》つ。もう怖くはないのに、また涙が滲《にじ》む。こんな羽角さんを私は知らない。

「どうしてこんなこと……」

「正攻法じゃ瑠璃には効かないでしょ。どうしたら俺のことを意識してくれるかなって、考えた結果だよ」

吐息をたっぷりと含んだその声も、うっとりとした目つきも。私の知らない羽角さんが目の前にいる。

「俺はずっと瑠璃のことが好きだった。瑠璃が大学を卒業する頃から、ずーっとね。瑠璃の容姿も性格もデザイナーとしての才能も、すべてを愛してるよ。ずっと待ってたんだ」

羽角さんと知り合ったのは私が大学二年のときだ。ちょうど、長く付き合っていた幼馴染《おさななじみ》と別れた頃。

「ずっと、ですか。……ほ、本当に？」

「うん」

「待ってたって、なにを？」

「瑠璃がうちの事務所にくるのを」

「え……」

ぎゅっと、眉を顰《ひそ》めてしまう。

それは、彼が私に好意を持っていたから、この事務所に引き抜いてくれたということだろうか。

私の実力を認めてくれたからではなく。血の気が引いていく。

「だから、私を引き抜いたんですか」

「だから？　……あぁ。まさか、冗談じゃない。瑠璃は自分の力を信じてないの？　俺にしたって、私欲のため人を雇うなんてありえないよ。心外だな」

そんなこと鞠哉さんも絶対に許さない、と言う声は尖《とが》っている。

ほっと胸を撫《な》で下ろした。

「いつもの……私の知っている副社長でしたら、そんなことをする方ではないと断言できるのですが」

「うん。じゃあ、なんで？」

「この付箋《ふせん》を私に送ってくる方、は。スカートの内側に仕込みをするような人なので、信じられなくて」

呆気《あっけ》にとられたように副社長が瞬《まばた》きをする。それから、くすりと笑った。

「どっちも俺だよ。待ってたっていうのは、瑠璃がうちの事務所に入るだけの実力をつけるのを待ってたってこと。瑠璃を捕まえるのは、そのときって決めてた。もし瑠璃が……、普通に告白して俺のことを好きになってくれるような子だったら、もっと早く言ってただろうね。でも多分、そうじゃないから瑠璃が好きなんだ」

それはわかるような、でもわからない理屈だ。

相も変わらずぐるぐると考え込んでいると、唇に柔《やわ》らかいものが当たった。

「ん、ぅ……っ」

副社長の唇はとても柔《やわ》らかくて、吸いつくようなそれはまるで私を食べようとしているみたいだ。

そしてべろりと、彼の舌が私の唇をなぞる。

キスから逃げようと顔を振っても、どこまでもついてくる。

「かわいい……」

唇をくっつけながら囁《ささや》かれて、息が止まるかと思った。

混乱に揺れる手を取られて、ぎゅっと握られてしまう。

「好きだよ、瑠璃」

胸の奥が締めつけられる。

「あの付箋《ふせん》を見て俺のこと、意識したでしょう」

したよ。した。嫌になるくらい気になって、意識していた。

「言ってよ。俺のことで頭がいっぱいだって」

そうだよ。毎日毎日、羽角さんのことばかり。

「俺のことが好きだって言って」

気になって仕方なかった。

そのことに今さら腹が立つ。

私はなんて簡単に副社長の思惑通りに踊ってしまったんだろう。

「ああ、かわいい。……瑠璃は本当にまつげが長いよね。ずっと、ここに唇で触れてみたかった」

「ちょっ、やめてくださ……」

私の口元から離れた彼の唇が、今度はまつげへと移動する。

そして宣言通り、本当に唇でまつげに触れている。

目蓋《まぶた》を食《は》まれながらまつげを揺らされるのも、時折零《こぼ》れる彼のセリフも、こう言ってはなんだがちょっと普通ではない感じがする。

そう思うのに、嫌悪《けんお》を全く感じず頬を熱くして、心のどこかに痺《しび》れを覚えている私も一体なんなんだろう。

「あと、ここも」

言いながら、掴《つか》まれていた指を広げられた。

右手の人差し指が、彼の口の中へ消えていく。

「え、えぇっ。ちょっと！」

「ん……」

色っぽい声を漏らしながら、じゅっと口の中で吸う。

小さく顔を動かしながら、舌を指の腹に這《は》わせてくる。

彼の口から指を引き抜こうとしたものの無駄だった。がっちり押さえられて動けない。

美しい瞳に諫《いさ》められ、くすぐるように舌先で撫《な》でられる。心どころか体中に痺《しび》れが走った。

「前に、ね。瑠璃が淹《い》れる紅茶がおいしい理由、聞いたでしょ」

ちゅぽ、と羽角さんの口の中から指が戻ってくる。

「この指で、この手で。淹《い》れるからだと思うんだよね」

掌《てのひら》まで、れろと舐《な》められて、頬が引き攣《つ》った。

――二週間前に紅茶を淹《い》れたとき、聞き取れなかった言葉の続きはこうだったんだ。

「飲み物を入れてもらうたびに、この指を舐《な》めたいなぁっていつも思ってたんだ。あー……興奮する」

夢中になって私の手に口をつけている副社長を見て、眩暈《めまい》がした。

付箋《ふせん》を貼る場所といい歯の浮くような文章といい、見え隠れしていた変態性が、目の前に顕在《けんざい》したのだ。

間違いない、この人、普通に変態だ。

私の神様、やっぱりまごうことなき変態だった。

「……っ、もうっ！」

甲高《かんだか》く叫びながら、力いっぱい手を引いてみる。

でも羽角さんの唇は私の手から離れてくれない。嬉しそうに微笑《ほほえ》むだけだ。

「ひ、人として憧《あこが》れてたのに……！　尊敬……は今も消えてないけど、でも人間性のほうはかなり疑ってます！」

「尊敬してもらえるのも嬉しいけど、今はそれより、瑠璃に愛されたいなぁ」

「詐欺《さぎ》っ、神様詐欺《さぎ》！」

「ははっ、詐欺《さぎ》か。騙《だま》したつもりないんだけどなー」

なんでそんなに嬉しそうなんだろう。意味がわからない。

「瑠璃、口開けて。キスしよう」

指で顎《あご》を下げられて、唇が合わさる。

口を開かない私を急《せ》かすように、副社長の舌が何度も唇を舐《な》めた。

「ふっ……、も、う……っ」

言葉を紡ごうと開いた唇へ、乱暴に押し入ってきた彼の舌。それに、いいように翻弄《ほんろう》される。

執拗《しつよう》に絡みついてくる彼の舌に口腔《こうこう》内を支配されてしまう。

――上司として完璧な羽角さんの、知られざる一面。

ショックではあるけど、やっぱり全然嫌じゃない。

それどころか、目の前の羽角さんが気になって気になって、胸が高鳴って仕方ない。

この感情には覚えがある。避けていたけれど、いつか味わいたいと願っていた恋愛感情。彼の存在が気になって気になって、その結果惹《ひ》かれてしまうなんて中学生みたいだ。自分がどうかしているとしか思えない。

「はっ、はぁ……っ」

濃厚すぎるキスに息も絶え絶え酸欠状態に陥《おちい》っていると、嬉々《きき》として腕を広げた彼に、その中へと閉じ込められる。

「ねぇ、瑠璃。早く言って。俺のことが好きだって」

「……っ、知らない」

つまり私は、付箋《ふせん》の送り主を気にしてしまった時点で、羽角さんの目論見通りに踊っていたわけだ。

恋を避けていた私に、あれ以上効果的に異性を意識させる方法があっただろうか。いや、多分ない。だからなおさら悔《くや》しい。

「でも、副社長のことが」

「それ、やめてって言ってるでしょ。せめていつも通り呼んでよ」

「羽角さんの、ことが……気になってしょうがない……」

しょうがないんだよ、ちくしょう。と心の中で毒を付け足した。

「本当に瑠璃は恋愛レベルが中学生辺りで止まってるんだね。俺のことが気になって、そのまま好きになってくれたんでしょう。ふふ、目論見通り」

やっと手に入れた、とこの世で一番の幸せを手に入れたみたいな顔をしている彼に、繰り返し頬《ほお》擦《ず》りをされる。

そのしつこさと言ったら尋常《じんじょう》ではない。

「あ、あの、けど私……恋愛における自信がなくて、ですね……」

「自信？　そんなもの……あー……でも、瑠璃がどうしても欲しいっていうなら、俺があげるよ」

「え……」

「自信でしょう？　あげるよ。ただし、あげるのは俺と一生恋愛する自信に限るけどね。よそ見なんて絶対にさせない」

「よ、よそ見って、どこからそういう話に」

「愛してるよ、瑠璃。実はね、瑠璃のだーい好きな少女漫画みたいな、ゆっくりと育《はぐく》む恋愛をするのもいいなとも思ったんだけど、長年いろいろ我慢してるから限界なんだよね。とりあえず、体中舐《な》めさせてくれる？　余すところなく」

さて、どうしよう。やめろこの変態、と口にしてもいいものだろうか。

あと私が大の少女漫画好きだとなぜばれている。

「はー、瑠璃の髪いい匂い。さらに興奮する」

場所を移動したいんだけど、連れていっていい？　と耳元で囁《ささや》かれ、体に痺《しび》れが走る。

その言葉の意味がわからないほど子供じゃない。経験がないわけでもない。

しかしどうにも急すぎる展開に頭が追いつかず、どぎまぎしながら首を捻《ひね》った。

「おいで」

差し出された手を、じっと見つめる。

勝手に人の指を舐《な》めて、息の止まるような強引なキスをするくせに。

こんなときだけ、私に決定権を差し出すなんてずるい。

「瑠璃」

そう思いながらも、おずおずと手を持ち上げている自分がいる。

すると、目の前の優しい微笑《ほほえ》みが殊更《ことさら》深くなる。

馬鹿みたいに高鳴る鼓動に眩暈《めまい》がした。

彼の指先に触れる。瞬間、ぐっと手を掴《つか》まれて体ごと掻《か》き抱かれた。

その場で再度熱烈なキスを受けたのち、彼の車に乗せられて移動した先は——なんと羽角さんのマンションだった。

相当広いワンルームと、あまりにも生活感のない部屋の様子に面食らっていられたのはほんの短い時間だけ。

部屋に入った途端《とたん》、私はまたも、性急で激しいキスに翻弄《ほんろう》されることになった。

「ん、ぅう……っ」

頭がとろけてしまうような口づけを交わしつつ、部屋の奥に位置するベッドへともつれ込む。シーツに背をつけると、ふわりと優しい香りに包まれた。甘くて、少しスパイシーな香り。ぎゅうぎゅうに締めつけられている胸の奥が苦しい。

キスに惚《ほう》けているうちにするすると服を脱がされ、素肌の上を彼の手が滑《すべ》っていく。

そしてそれを追いかけるように舌で体中を舐《ねぶ》られる。

宣言通りの――しつこいほどの愛撫《あいぶ》に、熱は上がっていく一方だ。

久しぶりすぎる感覚と味わったことのない快感に、あられもない声を上げて身を捩《よじ》った。

「瑠璃……かわいい」

甘い声で囁《ささや》かれ幸福の眼差《まなざ》しを向けられると、体も心も酷《ひど》く反応してしまう。

無意識のうちに伸ばしていて空《くう》を切った手を掴《つか》まれ、愛おしげに握られる。

――神様みたいだと思っていた人。いつだって尊敬する仕事を見せてくれる人。

けれど今、目の前にいる羽角さんは、手を繋いで肌を合わせている彼は、はるか遠い雲の上の存在じゃない。それを強く実感している。

これは私の思考回路がネガティブであるせいなのかもしれないが、今考えると、羽角さんが私のイメージからは逸脱《いつだつ》した人であると――スカートの内側に仕込みをするような人だとわかったからこそ、彼も私と同じ人間なんだ、と一人の男性として初めて意識したのだと思う。

だってそれまで羽角さんは神様だったから。

神様に恋慕《れんぼ》の情を抱《いだ》くなんて、例えば私が恋愛を避けない人生を歩んでいたってありえない。

彼は神様じゃない。羽角さんにだって不完全な部分があるのだと知ったからこそ、加速度的に気になって気になって、惹《ひ》かれてしまった。

彼の付箋《ふせん》攻撃は素直に気味が悪かったけれども、恋愛を避けていた私にも、ネガティブな私にもやっぱりちょうどよかったのだろう。

「あ、ぁっ……、んん……！」

秘所をぐちょぐちょと掻《か》き回されて、もう何度目かわからない高みに昇る。

もういいと言うほど長い時間、愛撫《あいぶ》が続く。

からからに渇《かわ》いた喉から、なんとか声を絞り出した。

「も、う……、いい、です……っ」

私の言葉を彼は至極嬉しそうに受け止め、膝《ひざ》を割り熱い昂《たか》ぶりで膣口を揺らした。

びしょびしょに濡れているそこに、昂《たか》ぶりがゆっくりと進入してくる。

彼に揺らされながら、気の遠くなるような甘美な官能の中で、私は咽《むせ》び泣いて喘《あえ》いだ。


――もし、恋をすることで動く時計があるとしたら。

私の時計の針は一体いつから動き始めていたのだろうか。

それから、事の顛末《てんまつ》を美咲に報告しなくちゃ。

付箋《ふせん》の犯人、羽角さんだったよって。私の神様変態だったよって。

そしてその人相手に私の恋の時計が動き始めたと言ったら、彼女はどんな反応をするかな。

6

俺――羽角晶斗と鞠哉さんが共同で経営する事務所への瑠璃の入社が決まってすぐ。

俺はやっと、三十二歳になった。でもまだ三十二か、とも思う。

家柄のせいか、子供の頃は自由にできることが少なくて、だからずっと早く大人になりたいと願っていた。そうすればどんなことでも自分で選択できるようになると思っていたのだ。

子供の頃は、とりあえず二十歳を目標に生きていた。

成人は大人の証《あかし》だと考えていたからだ。

けれど、成人なんてのはただのカテゴリーだと実際に二十歳になって知った。それに気づいたときは愕然《がくぜん》とした。

待ち焦《こ》がれていた年齢になったはずなのに、選択肢はまるで増えない。

好きなことなんてひとつも選べなかった。

二十歳になってすぐ窮屈《きゅうくつ》な家を飛び出して、やりたいように、自分の好きなことを追い求めて生きてきた。

でも結局、煩《わずら》わしい問題はその後もしばらく消えなかったし、子供の頃に思い描いていた〝大人〟に自分は今も遠く及ばず。

一体いつになったら〝大人〟になれるのか。

残念ながら、その答えはまだ出ていない。

初めて瑠璃と会ったのは彼女が大学二年のとき。

学祭で発表していた作品で、瑠璃のデザインの独創性や類を見ない着眼点を目《ま》の当たりにした。

そして驚愕《きょうがく》したことをよく覚えている。

彼女の才能に興味を持った。きっかけはそこだ。

その頃は大した関わりはなかったけれど、会えば必ず声をかけたし、彼女の作品が展示されると聞けばどこへでも足を運んだ。

そうしているうちに人間性を知り、才能以外にも興味を持った。

見た目の印象は、大人びた美人だけどきつそうでとっつきにくい。

簡単に言うと、とても気が強そうに見えた。

なのに中身はまるで逆なのがかわいい。

人見知りな性格で、本人曰《いわ》くネガティブ。どんなことにも慎重《しんちょう》すぎるくらい慎重《しんちょう》だし、いつもいろんなところを見回して自分を傷つけるものがないか怯《おび》えている感じがした。

加えて、そのせいで他人に気を遣わせることを嘆《なげ》いている節がある。

瑠璃は確かに口下手だし人付き合いは上手くはない。距離のある相手に対しては、ほとんど表情を動かさない……いや、動かせないのだろう。

ところが、彼女自身が〝親しい相手〟であると認識した途端《とたん》、無邪気になる。

そういう瑠璃を初めて目にしたのは、彼女が学祭に古くからの友人を呼んだときのこと。大人びた印象からは想像もつかないかわいい行動や、普段は決して聞けないかわいい発言を連発するのを見て悶絶《もんぜつ》したものだ。

それから、少女漫画を読んで百面相《ひゃくめんそう》をしていたりもする。

ページを捲《めく》るたびにポーカーフェイスがどんどん崩れてく様《さま》なんか、たまらなかった。

恋愛には興味がないと公言しておきながら、空想の世界の恋物語に浸《ひた》って微笑《ほほえ》んでいるのだ。

瑠璃を好きになった理由を、問われたとしたなら。

それは瑠璃の内面が、まるで思春期の子供そのものだったから。

実は少女のように純真無垢《じゅんしんむく》で、自分を傷つけるものに敏感《びんかん》に反応し、いちいち身を硬くして生きているように見えたから。

それから、思考の回路が難解で、ひとつの答えに辿《たど》り着くまでにぐねぐねと回り道をして、そんなところから飛んじゃう？　という突拍子《とっぴょうし》もない発想をするところも好きだと思った。

俺にはそれが楽しくて、面白くてたまらない。

物事を難しく考える瑠璃の心に触れたとき、または彼女の気持ちを正しく理解できたとき、どうしようもない幸せを覚えた。

そして内面に惹《ひ》かれるのと同じ分だけ、容姿にも心惹《ひ》かれた。

パーツごとに眺《なが》めて懸想《けそう》したりして。

瑠璃をどうにかしたい。

べったに甘やかしてもみたいし、頑《かたく》なに思春期っぽさを消さない彼女らしい部分を突《つつ》いてもみたい。

あのかわいい頭の中を、俺のことでいっぱいにしてやりたい。

そうやって少々粘着質な感情が芽生えてから、瑠璃を実際にこの手に抱くまで随分《ずいぶん》長い時間がかかった。

瑠璃に正攻法は効かない。

なんせ、微笑《ほほえ》みかけて近づいたら、その分だけ離れていくのだ。

だからまずは、瑠璃の懐《ふところ》に入るべく、慎重《しんちょう》に信頼を得ることを考えた。

少しでもプライベートに踏み込むと途端《とたん》に心のシャッターを下ろされるので、苦労したものだ。……もっとも、それは絶対に失敗できないという俺の思い込みも含まれていただろうけれど。

瑠璃が社会人になってからは、一緒に仕事をできそうな機会があると積極的に手をあげた。

デザイナーとしての瑠璃の仕事ぶりを間近で見たかったし、社会に出た彼女に自分の存在を忘れられるのも嫌だった。だから、なにかと接触できる機会を設けた。

時間はかかったけれど、あのかわいい瞳で尊敬の眼差《まなざ》しを向けられるようになったときはかなり嬉しかった。

それからしばらくして、実力をつけた彼女が、鞠哉さんの目に留まった。

俺が言い出さなくとも、うちの事務所に瑠璃を引き抜こうという話になったのだ。

つまりこの時点で、デザイナーとしての瑠璃は手に入ったわけだ。

そして仕事のこととは別に、長い時間をかけて瑠璃の懐《ふところ》に入ったという自信もあった。

あとは俺という存在を意識するように仕向けるだけだった。もちろん恋愛対象として。

その方法として付箋《ふせん》を選んだのは、彼女の特性を考えてのこと。

最初は、手紙にしようと思っていたのだ。

なぜなら、瑠璃がこそこそと繰り返し読んでいる少女漫画のヒーローが、ヒロインと手紙のやり取りをしていたから。

けれど、例えば封筒に入れた手紙にしたら、一通目は読んだとしても二通目からは読むことすらしなくなるかもしれない。

相手は漫画の中のヒロインじゃない。あの瑠璃だ。

付箋《ふせん》だったら、それ自体が目に入れば連《つら》なっている文字だって読むだろうと考えた。それに小さいから、貼る場所も工夫できそうだ。

内容は、瑠璃の気をぱっと引けるもので、普段の俺なら絶対言わないようなことを書いたらいいかもしれない。ただし嘘はなしだ。思いっきり、歯の浮くような文章なんてどうだろう。

そして多分、最初は正体がわからないほうがいい。

人間は疑問にこそ気を引かれる生き物だから。

社内での連絡方法はメールかチャットアプリを使用するので、瑠璃は俺の筆跡がわからないだろう。

文字で正体を突き止められることはまずない。

でもできれば、誰とはすぐにわからなくても、状況を整理すれば答えは出るようにしておきたい。あまりにも正体がわからない期間が続いたら、瑠璃はある程度で探すことをやめてしまうかもしれないから。

送り主が俺であると、簡単に理解してもらえなければ意味がない。

これは瑠璃に俺という人間を意識してもらうための罠なのだから。

意識させることができれば、瑠璃は俺のことを必要以上に気にするようになる……かもしれない。なるといいな。ほぼ願望だった。

一度目は、絶対に読まざるを得ない場所に貼って。

二度目と三度目は怒りを植えつけるような場所と内容に。

滅多《めった》に怒らないけれど、一度怒りを覚えると長い瑠璃が、その感情に任せて俺を探してくれるように。

そして四度目で正体をバラしたら——最後は自《みずか》ら手渡しにいこうか。

迎えに行こう。瑠璃が、この手の中へやってくるのを。

子供のまま大人の世界を生きている、瑠璃が欲しい。

黒くて艶《つや》のある髪も、黒目の大きな切れ長のかわいい瞳も、ぽってりとした唇も、長いまつげも、華奢《きゃしゃ》な手足も。

全部俺のものにしたい。

そして、彼女がデザイナーとして羽ばたく姿を誰よりも側で見ていたい。

俺はまだ、自分の望む〝大人〟にはなれていないけれど、その定義が瑠璃に出会って少し変わったような気がする。

はっきりと言葉では表せないのがもどかしいが、もし、ずっとずっと瑠璃と一緒にいられたら、わかるかもしれない。

もしかしたら〝大人になる〟ことすらどうでもいいと思える日もくるかもしれない。

――そうして、俺の願望は叶い、目論見通り瑠璃がこの手の中にやってきた。

憧《あこが》れていたのに、と涙目で見上げてくる瑠璃のかわいさといったら尋常《じんじょう》じゃなかったな。かわいすぎて目の奥が熱くなるよ。

かわいいかわいい瑠璃。骨の髄《ずい》まで愛してる。

俺みたいな男に捕まって気の毒だけど、もう諦《あきら》めてもらうしかないね。

誰になにを言われても、なにがあっても絶対に手放さない。

もうずっと、一生俺ものだ。

7

羽角さんにプライベートで露骨《ろこつ》に変態行為を仕掛けられるようになってから――いや、お付き合いというものを始めてから、一か月と少し。

今私は、彼の呼び出しにより、とある化粧品メーカーのリリースイベントへ足を運んでいる。

羽角さんがパッケージデザインを担当した商品の、お披露目《ひろめ》の場だ。

色とりどりの花で装飾されたメイン会場には、今回リリースされる化粧品が展示されている。全体的にかわいらしい雰囲気だ。奥にはドレッサーブースもある。そしてどうやら、庭のほうにもなにか仕掛けがあるよう。

まずはメイン会場で、羽角さんが手掛けた商品をじっくり観察する。

社長から聞いた話によると、今回はデザイン・予算共に最後まで随分《ずいぶん》難航した案件だったらしい。珍しく羽角さんが愚痴《ぐち》を零《こぼ》していたとか。

なのに、やっぱり羽角さんはすごい。

彼がデザインし、彼のチームが力を合わせて作り上げたスキンケアラインのボトルはどれもかわいらしく、溢《あふ》れんばかりの高級感が漂《ただよ》っている。

この会場のディスプレイも羽角さんが担当したのだろうか。

わからないけれど、なんて商品に寄り添った配置なんだろう。素敵だ。

クラッチバッグからスマホを取り出し、一心不乱に撮影する。角度を変えて何度も。

途中、スタッフの方が「お飲み物はいかがですか」と声をかけてくれたけれど断った。

申し訳ないが、この奇跡を記録するのが先だ。

満足するまでシャッターボタンをタップし続けたあと、いそいそとカメラロールを確認する。それから画面に向かって二、三度頷いた。

「素敵……」

「水原さん」

ほう、と息を吐いたところで背後から声をかけられた。

「あ、梶原《かじわら》さん。お久しぶりです」

にやにやと緩んでいた表情筋が途端《とたん》に強張《こわば》る。近しい人じゃないと、私はすぐこれだ。

「本当に久しぶり。今、鞠哉さんと羽角くんの事務所にいるんだって？」

「は、はい。そうです」

彼は、前事務所で私が担当したクライアントだ。

「いいよね、羽角くんの今回のデザイン」

「はい、素敵です」

「随分《ずいぶん》楽しそうに写真撮ってたじゃん。かなり目立ってたよ。勢いすご過ぎ」

くく、と笑われて、つまり悪目立ちしていたことにようやく気づく。さっと下を向き首を竦《すく》めた。

「前に会ったのは二年前くらいだっけ。綺麗《きれい》になったなぁ」

せっかくお世辞《せじ》を述べて下さっているのに瞬《まばた》きくらいしかできない。数十秒なのに瞬《まばた》きのし過ぎで死ぬほど目蓋《まぶた》が疲れた。

これじゃだめだ、となんとか口を動かし、かろうじて「いえ」と言葉を発する。

「一人で来てるの？」

「あ、そうです」

「そっか。気をつけなよ。羽角くんも女の子に群《むら》がられて大変そうだった」

庭のほうにいたよ、と彼が指差したので、なんとなくそちらに顔を向ける。

「いつも通り、笑顔でばっさばっさ切ってたけど。水原さんは羽角くんにああいう処世術も教わったらいいかも。仕事だけじゃなくて」

「そんな……私には使う場面のない技術ですよ」

機会があったらまた、と軽い笑みを残して梶原さんが去っていく。

私はというと、羽角さんがいるらしい庭のほうに足を一歩踏み出して、やっぱりやめた。

後輩や部下という立場でも女の子たちの視線がすごく痛かったのに、もしも自分たちが付き合っていると周りに知れたら、と考えると怖くなった。

羽角さんがわざわざ私と付き合っているなんて言うわけないのはわかっていても、だ。

羽角さんには、もう少しあとで、挨拶《あいさつ》だけしに行こうか。

「瑠璃」

げっ。と、心の中で思ったのは、多分ばっちり顔に出てしまった。

なぜなら、何人かの女の子に追われながらこちらへやって来る羽角さんの笑顔が、瞬間的に怖いやつになったからだ。

「どうして逃げるのかな」

「逃げてません」

と言いながらも、私の足はずりずりと下がっている。

「着いたら連絡してって言わなかった？」

「お、お忙しいかと思いまして。先に商品を拝見し……」

「ふーん」

言い終える前に遮《さえぎ》られてしまう。

射抜くような女の子たちの視線は予想通りすごく痛い。あと怖い。

「あの、ほんっとうに素敵なデザインでした。最高です！」

うしろに逃げたがる足をなんとか踏ん張って、顔の前に手をかざす。考えるより先に手が動いた。

「なんだろう、その手。まさかこれ以上寄るなって意味？」

「まさかっ」

その通りです。曲がりなりにも上司に対して、失礼が止まらない。本当にごめんなさい。

「酷《ひど》いなぁ」

すっと伸びてきた手に、腕を掴《つか》まれてしまう。

そのまま腰に腕を回され、ぎょっとして羽角さんを見上げた。

「待ってたのに」

そう呟《つぶや》きを落としながら、私の首筋に羽角さんが顔を埋《うず》める。

そしてその瞬間、女の子たちが悲鳴を上げた。それは驚きというよりも困惑気味の悲鳴だ。

当然だろう。こんな、人前で。

取引先の目が、あちこちにある場所でこんなこと。

「俺がデザインした商品はあんなに夢中になって写真を撮ってたのに。俺本体は後回しの上に拒否なの？」

仕事中はどんなときも冷静で落ち着いている彼が、少し早口になる。

だから今は、行動といい口調といい完全にプライベートの羽角さんだ。

「えっ、え？　見てたんですか!?」

彼の頭を引き剥《は》がしながら小声で言い返すと、ようやくそこから顔を上げた羽角さんが嘘っぽくきらきらと微笑《ほほえ》む。

「見てたよ。あとでゆっくり聞かせてね。俺のところへ来る前に、梶原さんとなにを話してたのか」

「別に大したことは話していません、順番がこうなったのはたまたまです！」

「あとでゆっくり。ね」

耳元で囁《ささや》かれて喉が詰まった。居心地が悪くて仕方ない。〝あとで〟がとても不安だ。

「じゃあ、行こうか」

「え、どこへ……」

「クライアントへ挨拶《あいさつ》に。鞠哉さんが、来期は瑠璃もチームに入るようにって。せっかくだから顔見せしておこう」

失礼、とその場で呆然《ぼうぜん》としている女の子たちへ爽《さわ》やかに告げ、羽角さんが歩き出す。

しばらくの間、私の腰には彼の手が回っていたけれど、クライアントが見えたところでそれは離れた。そして、羽角さんが上司の顔になる。

ひとしきりクライアントと話をし、彼の案内で会場内を回った。

羽角さんが知り合いや関係者と遭遇《そうぐう》したら、失礼のないように挨拶《あいさつ》をして、あとはひたすら彼らの話に耳を傾けた。羽角さんの会話術を学ぶために。

仕事をしているときの羽角さんは、相変わらず神様だ。

尊敬の気持ちは変わらない。

どうして、誰とでもあんなに自然体で会話をできるのだろう。

求められているものを瞬時に把握《はあく》できるんだろう。

そしてその上で、デザイナーとして譲れない意見をねじ込むこともできる。相手を嫌な気持ちにさせずに。

最終的に仕上がるデザインそのものは当然のように毎回素敵だし、ああ、やっぱりすごいな、羽角さんは。

とはいえ、私は今回の仕事に関わっていないので、自分が邪魔になっているのではと、そろそろ不安になってきた。

「羽角さん。私、そろそろ……」

「付き合わせてごめんね、もう少しだけ待ってて」

謝るべきはこちらのほうなのに、声をかけるたびに引き止められる。気を遣わせてしまっていることが、なんだか申し訳なかった。

私は自分がこのイベントにプライベートで誘われたのかと思っていたが、きっと仕事として呼ばれたのだろう。会場に着いてからずっと、どこかで少しふわふわしていたことが恥《は》ずかしくなる。

「瑠璃、お待たせ。ごめんね」

「いえ、とんでもないです」

並んで歩き、会場を出る。外はもう真っ暗だ。冬の訪れを感じる冷たい風が通り過ぎ、私は首を竦《すく》めた。

「羽角さん」

と、そこへ、綺麗《きれい》な女性がやってきた。

どうやら彼を追いかけてきたようだ。先ほど羽角さんを取り囲んでいたうちの一人だろうか。

私が咄嗟《とっさ》に一歩彼から離れると、また羽角さんに腰を取られてその場に縫《ぬ》い止められてしまう。

「こちらの方はどなたですか」

彼女に冷たく睨《にら》まれ、背中に緊張が走った。

「あ、あの、私は同じ事務所の者で……」

「それを聞くために、わざわざ外まで？」

彼女から彼に投げかけられた質問を私が引き取ったつもりだったが、また遮《さえぎ》られてしまう。

羽角さんはいつもと同じにこやかな表情だ。でも、言葉には小さな棘《とげ》を感じた。

「ええ。事務所の方、ですか。では、お仕事関係の方ということですね。とても親しくされているように見えたものですから」

「いえ、そんな」

「彼女は僕の恋人です。かわいいでしょう」

仕事の場で羽角さんが、わざわざ私と付き合っているなんて言うわけない。

そう思っていたのに、彼に対する私の推察というか願望はことごとく外れる。

「行こう、瑠璃」

手を取られ、指を絡められる。まるで彼女に見せつけるように。

私は、長い足ですたすたと先を行く羽角さんを必死で追いかける。

「羽角さん、手、手放して下さいっ」

「やだよ」

「だってあの人、仕事で関わりがある方なんじゃ……」

「全然。知らない人だよ。顔も知らないし名前も知らない。向こうが一方的にこっちを知ってただけの話だ」

「え、あ、そうなんですか。でも、わざわざあんなこと言わなくたって」

彼女とは仕事で繋《つな》がりがあるわけではないと聞いて、少しほっとした。でも、恐ろしくてうしろを振り向けない。彼女はまだ、あの場から私たちを見ているだろうか。

「聞かれたから答えただけ。だめだった？」

「だめというか、羽角さんが、せ、宣言したのがとても不思議で……！」

「だって、もう会場は出たし俺の仕事は終わってる。瑠璃に至っては完全にプライベートで今日ここへ来たでしょ。瑠璃を恋人だって紹介したって、なんの問題もないよ」

「え……。今日お誘い頂いたのは、プライベートだったんですか。仕事じゃなくて」

「……今日は、瑠璃に俺のデザインしたものを見て欲しかったから誘ったんだ。部下じゃなく、恋人の瑠璃に」

羽角さんが囁《ささや》く。恥《は》ずかしくてむず痒《がゆ》い。顔がカッと熱くなった。

すると、目の前に一台のタクシーが停まる。

羽角さんは当然のように私をそれに乗せ、自身も隣へと滑《すべ》り込んだ。

タクシーの表示板は「迎車」だ。つまり、彼が会場を出る前に手配したのだろう。

「続きは帰ってから話そう。いろいろ、聞きたいこともあるしね」

「帰るって、羽角さんのお宅ですか」

「そう。瑠璃も一緒に。だめ？」

「だめじゃない、です」

「あれ、なんか含みがある言い方」

なに？　とごく自然に聞かれて困ってしまう。

手の甲を指先で撫《な》でられる。触り方が、なんだかやらしい気がしてそっぽを向いた。

そして今さら、足元がふわふわと揺れる。それは多分、遅れてやってきた小さな喜びの表れ。

『恋人の瑠璃に、俺のデザインしたものを見て欲しかったから誘ったんだ』

あの言葉は素直に嬉しかった。

今、私の隣に座っているのは、恋人の羽角さんだ。

上司としての羽角さんと、恋人としての羽角さん。

どちらも確かに彼なのだけど、私にとってはそこに大きな違いがある。

いきなりモードを切り替えられると、ついていくのが難しい。

世の中の職場恋愛をしている人たちは、こういったときどうしているのだろう。

みんな羽角さんみたいに、スムーズにスイッチを切り替えられるのかな。

自分でも悲しくなるくらい切り替えが下手な私は一体どうしたらいいんだ。スイッチはどこだ、どこにある。

心から誰かに尋ねたい。誰かというか、そんなことを聞ける友達なんて一人だけだから助けて美咲。

羽角さんの住んでいるマンションの前でタクシーを降り、彼の部屋へ。

羽角さんとお付き合いを始めてからの一か月と少しの間で、何度ここへやって来ただろう。きちんとした回数は覚えていないが、休日は私が用を済ませると必ず来ていたし、平日でもこの部屋から出勤したことがある。

毎回今日みたいに誘われてやって来るわけだが、それに頷いているのは私の意思だ。

私が、プライベートの羽角さんと共に時間を過ごしたいからここへお邪魔している。

完璧なデザイナーとしての彼ではなく、プライベートの――恋人としての羽角さんをもっと知りたいから。

だだっ広《ぴろ》いワンルームは埃《ほこり》ひとつなく、漫画でよく見る表現のピカピカという効果音をつけたくなってしまうほど綺麗《きれい》だ。

休日以外は毎日日中にハウスキーパーを頼んでいるそうなので、今日も掃除が入ったのだろう。

「お腹空いてない？　なにか食べる？」

「いえ、大丈夫です。会場でいろいろ摘《つ》まんできたので」

「そっか。じゃあ、適当に寛《くつろ》いでてね。風呂入ってくる」

「あ、はい。わかりました」

寛《くつろ》いでと言われても、この部屋にあるのはパソコンデスクと小さなテレビとベッドだけで、極端に物が少なく生活感がまるでない。

こう言ってはなんだが、居場所を見つけるのがなかなか難しい家なのだ。

パソコンデスクには高価なパソコンが並んでいるから積極的に距離を取りたいし、人様のベッドに勝手に腰を下ろすのも気が引ける。

その上で、テーブルや椅子などの家具やラグが一切置かれていない、あり余っている床のどこに座っていいのか毎回迷ってしまう。

結局、私はいつもと同じ場所に腰を下ろした。よいしょ、と床に座り膝《ひざ》を崩す。

目の前にあるのは床に直置《じかお》きされている小さなテレビだ。

テレビを見たいわけではないが、ここがようやく探し出した自分の場所とでも言えばいいのか。

「うわっ、羽角さん」

こらこら、とつい窘《たしな》めながら慌てて立ち上がった。

今お風呂へ行ったばかりの羽角さんが、腰にタオルを巻いただけの状態でこちらへ向かってくるのが目に入ったのだ。

その上、全く拭かずに出てくるものだから床が水浸《みずびた》しになっている。いつもそうだ。

彼の自宅で彼がどうしようと自由だと考えていたから今まで黙っていたけれど、やっぱり気になる。拭こうよ。体も床も。拭いてから出てこようよ。あと服着なよ。

「どうして毎回拭かずに出てくるんですか……。床が濡れています」

「大丈夫だよ。そのうち乾くから」

事もなげに床を見下ろした羽角さんの髪から、水滴がぽたぽたと落ちる。

「そのうちカビるかもしれませんよ。床板が腐るかも」

「そうなの？」

「そうです」

それは大変だね、と他人事《ひとごと》のように言われて肩の力が抜けた。

次からはちゃんと拭くよ、と彼は続けたものの、正直やる気が全く感じられない。

「体や髪もちゃんと拭いたほうがいいかと思われます」

「はーい。ふふ、瑠璃に怒られた」

「怒っていません」

彼は嬉しそうに笑ってから、びしょ濡れの道を楽しげに辿《たど》り、バスルームへと戻っていった。

どうしてあんなに嬉しそうにしているのかは、よくわからない。

わからないけれど、その姿を見て私はくすりと笑ってしまう。

意味わかんないけどかわいいなとか、思ってしまうのだ。

羽角さんの暮らしぶりやプライベートでの性格を少しずつ知っていくなかで、完璧だと思っていた人の人間らしい部分というか、デザイナーとしての彼とのギャップを目にするたびに、興味深く感じる。

もっと言えば、知るたびに微笑《ほほえ》んでしまうような、愛しさが募《つの》る。

もちろん多少の戸惑《とまど》いはあるけれど、それ以上の喜びや愛しさを感じるのだ。

「体、拭いてきたよ」

「服も着たらどうですか。風邪《かぜ》をひきますよ」

「ん？　いいよ。着たってどうせすぐ脱ぐことになるしね」

え、と思ったときには、手を引かれてベッドに連れ込まれていた。

「さあ、話をしようか？　瑠璃」

ベッドへ仰向《あおむ》けに倒れた私を、羽角さんが跨《また》ぐ。

「梶原さんとなにを話してたの」

「た、大したことは話していませんよ。事務所を移ったこととか」

「あとは？」

「あの、羽角さんに教わったらいいね、とか」

「教わる？」

怪訝《けげん》な表情になった彼が話の先を促《うなが》す。

「羽角さんが女の子に囲まれていたから、その、望まないお誘いの断り方？　を教わったらと」

「ふーん。そうなんだ」

羽角さんの唇が私の唇にくっつく。

短いキスをして離れた彼の口元が、不満げに歪《ゆが》む。

「あとは、私が新商品の写真を撮っていたことなど……です」

「写真。撮ってたね。連写してなかった？」

言いながら、不機嫌な唇が少しだけ緩んだ。

「はい。だって本当に素敵で、この奇跡をできるだけ正確に記録したいと燃えてしまいまして」

「そっか。それは嬉しいな」

「え、でも、それがまずかったんじゃ……」

女の子たちにじっと観察されながら話をしたとき、彼は『デザインした商品はあんなに夢中になって写真を撮ってたのに』と眉を顰《ひそ》めていたはずだ。

だからあの行動はまずかったのだと思っていたが、今、羽角さんは嬉しそうにしている。どういうことだ。

「まずくないよ。瑠璃が俺のチームの作品に目を輝かせてくれるのは嬉しいんだ。ただ、あのときは思いっきり拒否されたから、つい」

「つい……なんですか？」

「……あー、そうだよね、ちゃんと言わないとね」

「あ、と。死ぬほど察する能力に乏しくてすみません」

真顔で自己申告した私を見て、彼は盛大に噴き出した。

「か、改善するべく、もっと努力します……」

そしてくすくすと笑いながら、私の頬に、耳に、目元に小さなキスを落としてくる。

「瑠璃はかわいいね。そういうところ、すごく好きだな」

お褒《ほ》め頂けたようだが、どういうところか全くわからない。

「えーと、つまり……我ながらしょうもないから言い辛いんだけど」

私の顔の斜め上へと流れていく視線には、わかりやすい羞恥《しゅうち》が含まれている。

照れる羽角さんなんて初めて見た気がした。

「作品に……嫉妬《しっと》、したのかな。作品を恋人の瑠璃に見て欲しくて呼んだくせにね」

うっすらと染まっていく彼の頬を、信じられない気持ちで見つめる。

「……羽角さんも照れたりするんですね」

「するよ。俺をなんだと思ってるの？　照れるし怒るし嫉妬《しっと》もするよ」

作品に嫉妬《しっと》だなんて、そんなこと思いつきもしなかった。

「あ、の、ごめんなさい。あのときは近くにきてくれるのを拒否するような態度を取ってすみませんでした。周囲の人の目を、痛いと感じてしまって」

「……わかってるよ。周囲って、あのとき俺の周りにいた人たちのことでしょ。痛いっていうのはどういう意味だろう。あの状況が見苦しかったってこと？」

「見苦しいだなんて。羽角さんが女性に大人気なのは今さらです。ただ、彼女たちの視線がその、怖いというか……」

先ほど照れた彼を見て私が驚いたのと同じくらい、羽角さんも目も丸くしている。それから首を傾《かし》げた。

「怖い、か……。そっか、そんな風に思ってたんだ」

「ち、違う風に見えていたんですか」

「瑠璃はいつも……ずっと前から、ああいう状況になると逃げていたでしょう。だから、煙《けむ》たがられてるのかと思ってた」

違います、と全力で否定すると、わかったよと苦笑が返ってくる。

「あと、俺と付き合ってることは知られたくないのかなって。人前で俺が近づくと拒否するし、否定するし」

それは、会場の外まであの女性が追いかけてきたときのことを言っているのだろうか。

「あれはその、仕事の場で言う必要はないかと思ってのことだったんです。でも正直、羽角さんの人気ぶりをわかっているだけに女性の目が怖くはあります……。すみません……」

「……なるほどね。嫌だったんじゃなくて怯《おび》えてたのか」

ごめんね、という優しい囁《ささや》きと共に、体をぎゅっと抱きしめられる。

全力で保身に走った私に、どうして謝るんだろう。

「あの、あと、……こ、恋人として誘ってくれたのに、私、わからなくて。それもすみません」

「そんなの当たり前だよ。俺が言わなかったんだから。ついでのつもりで顔見せしたのも悪かったかなって。それで結局は人に囲まれちゃってずっと仕事の話だったしね」

行動の理由。言葉の意味。それを明確にして、伝え合う。

私との関係が恋人へと変化してから、羽角さんはその作業をとても大切にしているように見える。

羽角さんが私のことを知ろうとしてくれているのと同じように、私も彼をもっと知りたいと思っている。

自分自身、言葉が足りない自覚はあるし、なにより私はきっととてつもなくわかりにくい性格をしている。

根は単純なのだけど、易《やさ》しい問題を難解にしてしまうような節《ふし》があるのだ。

だから、ちゃんと話さないと。どんな小さなことでも。

彼のことを知ると同時に、私のことをわかってもらう努力をしないといけないんだ。

「ボトルデザイン、とても素敵でした。かわいくて高級感に溢《あふ》れてて、さすが羽角さんのデザインだって……その、感動しました」

的外れかもしれないとどぎまぎしながら、慎重《しんちょう》に言葉を選んで、でも心にあるものだけを紡ぐ。

口下手が急に直るわけじゃない。

けれど、これからはもっと言葉を大切にしようと思った。

それは羽角さんに対してだけじゃなく、誰に対しても。

「ありがとう。すごく嬉しいよ。瑠璃にそう言ってもらえるのが、本当に一番嬉しいんだ」

ふわり。羽角さんの目元が優しく細まる。ときめきで胸が高鳴った。

「瑠璃……」

口を開けて、と下唇を押される。

「もっとだよ。もっと開けて。やらしいキスしよう」

ぞくりと肌が戦慄《わなな》いた。

口の力を抜いたと同時に、彼の舌が中へと侵入してくる。

舌先で歯列をちろちろと舐《な》められて、頬を突《つつ》かれて、すべての刺激に眩暈《めまい》がした。くちゃくちゃと響く水音に羞恥心《しゅうちしん》を煽《あお》られる。

羽角さんはいつも、私を食べるようなキスをする。唾液《だえき》を絡めて、吸い上げて、すべてを差し出せと唇で舌で、誘ってくる。

「……っ、ふっ、くる、し……っ」

「だめ。止まらない。瑠璃、もっと」

深く激しいキスが続く。

ようやく舌の絡まりが解《と》かれたと思うと、キスの合間に彼の人差し指が口の中へとやってくる。指で私の舌先をくりくりとくすぐりながら、舌で上顎《うわあご》を擦《こす》って、快感が苦しいほど。

「愛してるよ、瑠璃。俺は瑠璃の心の中をできるだけ詳しく知りたいんだ。全部は無理かもしれないけど、少しでも詳しく。だから、なんでも言葉で伝え合っていきたい」

べろりと頬を舐《な》められ、唇で挟まれる。

もごもごと頬を食《は》まれながら、私は肩で息をしていた。キスって、なんて体力を使うんだろう。

「それから、体でも伝え合わないと。ね？」

どうしてそこに繋がってしまったの。それに、ね？　と尋ねられても困る。

「体は、結構です……間に合ってます」

「遠慮しないで」

「全然してません。遠慮なんて全然してません」

二度も言ったのに、羽角さんは癖のある笑顔を見せるだけだ。仕事の場では絶対に見せない種類の。

「ね、瑠璃。俺の舌舐《な》めて」

離れた唇から伸ばされた舌先。彼がそうしている姿が、私にはとても卑猥《ひわい》に見える。

香り立つような色気をまとっている羽角さんは、私にとって毒でしかない。

獣のように光る瞳にじっと見つめられながら、そろそろと顔を近づけた。

差し出された彼の舌を、ぺろりと舐《な》め上げる。唇は触れていないのに舌だけが絡まる。

「気持ちいい……」

はぁ、と溶けてしまうような息を吐きながら、羽角さんが微笑《ほほえ》む。

顎《あご》を伝う唾液《だえき》を啜《すす》られて、小さな喘《あえ》ぎが漏れてしまった。

舐《な》めて、なんて言う癖に結果、舐《な》められているのは私のほうだ。気持ちがいいのも、多分私のほう。

れろれろと舌を嬲《なぶ》られながら、衣服も下着もすべて剥《は》ぎ取られる。

綺麗《きれい》な指が体中を這《は》い回る。

私の肌の感触を確かめるように滑《すべ》っていく。

「……んっ、ん、ぅ……ッ」

胸の先を摘《つ》ままれて、腰が跳ねた。

「こら。舌伸ばしてて。引いちゃだめだよ」

そっと腕を引かれ上半身を起こされる。

それから舌の表面を左右に擦られて、目尻から涙が溢《あふ》れた。息が苦しい。なのに気持ちがいい。

羽角さんの仕込んだ毒に、じわじわと侵食されていく感覚。

ふるふる、と両胸を彼の両手の中で揺らされる。

緩い振動に、下腹がきゅうと切なくなってたまらない。

引いていた腰をどんどん前へと押し出してしまう。

「ん？　胸突き出して、どうしたの。ここ舐《な》めて欲しい？」

違うと口を開いた途端《とたん》、ぴん、と胸の先を弾《はじ》かれる。私の否定は、ただの喘《あえ》ぎに変わった。

彼の唇が顎《あご》先を伝って下がっていく。

甘い責め苦からは解放されたのに、感触が消えてくれない。

「もう硬くなってる」

音を立てて胸の先に吸いつかれ、鋭《するど》い痺《しび》れが走った。

「あ、ん……っ、はぁっ、んん……！」

「これ、好きだよね」

何度も何度も。飽きることなく舐《ねぶ》られる。ちゅぱ、ちゅぽ、と舌が胸の先を這《は》うたびに腰が疼《うず》く。

「はぁ……、いい声……もっと聞きたいな」

「も、や……ぁ！」

「舐《な》めていい？　全部」

「や、ですっ」

拒否をしたところで無駄だ。どうせやるのだろうから、いちいち聞かないで欲しい。恥《は》ずかしいと思った分だけ体中の快感が酷《ひど》くなるから。

掌《てのひら》で顔を覆《おお》うと、羽角さんがくすくすと笑っている声が聞こえた。

かわいいな、愛してるよって囁《ささや》きながら。

「全部俺のだ……瑠璃」

首筋を羽角さんの舌が滑《すべ》っていく。次は右肩。それから腕。指を一本ずつしゃぶって、指の間にも舌を這《は》わしてくる。それから腕を伝って、膨《ふく》らみに寄り道をする。

さっき散々嬲《なぶ》った胸の先をまた味わうように吸って、脇腹からお腹へ。

太腿《ふともも》、膝《ひざ》、ふくらはぎ、足の指。

お尻も背中も、耳も頬も全部。私に存在する皮膚という皮膚、すべてに彼が舌を這《は》わす。

私が少しでも声を上げようものなら、そこにしばらく留《とど》まって、声が高くなるまで刺激を続ける。

時には水音をわざとらしく響かせて、私の羞恥心《しゅうちしん》を煽《あお》ってくる。

絶対的な刺激に侵《おか》されるわけじゃないのに、彼の息遣いひとつで背筋が震《ふる》えるほど感覚が鋭《するど》くなってしまう。

初めて彼と行為に及んだときから、毎回こうなのだ。

必ず全身に唇をつけられて、まるでマーキングをしているようにも見える。この時間、羽角さんはいつだって本当に楽しそう。性的におかしい。……なのに。

「あっ、ああっ！　……ッ、いっ、やぁ……っ！」

私も、おかしいほど身悶《みもだ》えてしまう。

「イっちゃうんだ？　やらしいなぁ」

やらしいのはどう考えても羽角さんのほうなのに。こんなしつっこくねちっこい愛撫《あいぶ》、やらしい以外の何物でもない。

「や、めっ……、ああっ！」

全身を舐《な》め回されて私は高みに駆《か》け上がる。羽角さんに与えられた毒という名の快感が体中に回って、頭がおかしくなる。

「瑠璃のイく顔、好き。もっと見せて」

「も、やだ……っ」

「まだ始まったばかりでしょう？」

そして本当に辛いのはこのあとだ。絶頂を迎えた体は快感に貪欲《どんよく》で、それまでとは比にならない官能の波がやってくる。ひっきりなしに。

まだ私の体に口を付けている彼を、力の入らない手で押し返す。彼はゆっくりと顔を上げ、美しい形の瞳をふんわりと緩めた。

「あああっ！」

性急に蜜口へと差し入れられた二本の指に、内側を掻《か》き回される。入り口がひくひくと動いているのが自分でもわかった。

「ぴーっしょびしょ。すごいね」

「あっ、ん……！　ぅあっ、んん……ッ」

指がくちょくちょと音を立てながら、内側の浅い所を執拗《しつよう》に擦《こす》る。

「締まってきた。こっちもいじったら、またイく？」

花弁を開かれ、蕾《つぼみ》が晒《さら》された。中をいじり倒しているのとは反対の指が、私の口に押し入ってくる。唾液《だえき》をさらうように口の中を撫《な》で、最後に内頬をくりくりと突《つつ》いて出ていく。

そしてその指を、羽角さんは自身の口に含んだ。私に見せつけるように。

「あっ、ああっ、ん、ふぅ……っ」

中を擦《こす》るスピードが速くなり、私と彼の唾液《だえき》にまみれた指先が蕾《つぼみ》を引っ掻《か》く。

ぬるぬるとした指の腹が上下に細かく動くと、爪先《つまさき》を引っ張られているような感覚に陥《おちい》る。

「やっ、ああっ！　ん、あっ、あっ、あぁ……っ！」

二度目の絶頂は苦しいくらい長く続いた。あっという間に達してしまったことが恥《は》ずかしくてたまらない。

「ふふ、すぐイっちゃうね。嬉しいな」

「え……っ？　あ、ああっ！」

なのに、唐突にまた彼が両方の指を動かすから、去ったはずの火照《ほて》りと疼《うず》きが戻ってくる。

今度は蕾《つぼみ》を押し潰《つぶ》すように、こりこりと揺らされる。強すぎる快感に体が悲鳴を上げた。

なのに少しも痛くない。だから余計に辛い。あるのは気持ちいいという感覚だけだ。

「う、そ、また……っ」

「だーめ」

ふっと手の動きが止まる。強烈な刺激も。

溜まった熱だけが放出できずに残されている。

羽角さんの白い肌に、汗の粒が滲《にじ》む。

「まだだめだよ」

艶《つや》っぽい声で彼が言う。

私はといえば、勝手に揺れてしまう腰を抑えるのに必死だった。

「やっ、なんで……！」

「イきたい？」

そんなこと、聞かれたって素直に頷けるわけがない。

「落ち着いたね」

「あぁあっ」

そうして再度動き出し、私が絶頂を掴《つか》みかけると、その直前で彼の指が止まる。

そんなことを何度も繰り返されて、腰の揺れが自分では止められなくなった頃——羽角さんの毒に侵《おか》されている私の思考が、より一層おかしくなっていく。

……なんて、そんなの言い訳でしかない。

そうやって羽角さんのせいにして、本当は自分が快感に溺れているだけだ。

彼に与えられる快感に。

羽角さんが変態だから。羽角さんがしつこいから。羽角さんのせいでおかしくなる。

それはおかしくなっている自分への言い訳に過ぎず。

だからこそ私は、彼の変態性を薄目で眺《なが》めている癖に、こんなによがってしまうのだろう。

自分自身に〝なんなんだ〟と疑問を投げかけながら。

「も、無理……！　無理、です……っ」

半分泣きながら快感を強請《ねだ》る。

すると、中を擦《こす》る指先が、浅い部分のざらざらした場所をくるりと撫《な》でた。

でも、さっきまでのように強く擦《こす》ってはくれない。

——触って欲しい。もっと、もっと。

その気持ちのいいところに羽角さんの指が当たるように、くねくねと自《みず》ら腰を動かしてしまう。

目の奥が熱い。

「そんなに腰振って……、ああ、かわいいな。この姿を記録しておきたい」

「っ、変態……！」

「褒《ほ》めないでよ。もっと興奮しちゃうでしょ」

大丈夫、録画はしないから。言いながら、指を埋めたまま腰を押さえつけられる。

「ねぇ瑠璃。腰振ってもイけないなら、自分で触ってみようか？」

「そ、んなこと、できなぃ……っ」

「なら、ずっとこのままでいい？」

目を見開いて、首を大きく左右に振った。このままなんて辛すぎる。ぞくぞくと背を這《は》い上がる痺《しび》れは断続的に続いているのに。

「ほら。触ってごらん」

「あっ、無理、ですって……！」

「じゃあ手伝ってあげる」

とろとろと太腿《ふともも》に伝っている体液を彼が掬《すく》い上げる。

そしてそれを私の指先に塗るように移したあと、手首を掴《つか》まれてしまう。

その力は強くはない。ふにゃふにゃになっている私でも振り払える程度の、弱いものだ。強制されているわけじゃない。

なのに私は、彼が私の手を使ってそこを撫《な》でようとしているのを見て、唇を噛《か》みながらもぞくぞくとした法悦《ほうえつ》を感じている。こんな感覚知りたくなかったという戸惑《とまど》いはある。

けれど、確かに呆《ほう》けているのだ。

恥《は》ずかしいけど、気持ちいい。恥《は》ずかしいから、気持ちがいい。

もしかして、私のこういう気持ちも彼には伝わってしまっているのだろうか。

もしそうなら、いたたまれない。自分のほうが変態だとバレてしまっているようなものだ。

「あああっ！」

ぬめった指が蕾《つぼみ》に触れた瞬間、肩が大袈裟《おおげさ》に跳ねた。それが自分の指だということも忘れて、ただ快感を享受《きょうじゅ》する。羽角さんの手が離れても、自《みずか》ら指を動かして腰を揺らした。

そんな私を羽角さんが見ている。漆黒《しっこく》の髪の間から覗《のぞ》く、綺麗《きれい》な薄茶色の瞳が。

「上手だ、瑠璃……ああ、すごい。ここ、真っ赤になってひくひくしてるよ」

そんなこと、いちいち言わなくていい。

そう思うのに、ぴりぴりとした疼《うず》きも熱も高まる一方だ。

「や、ぁっ。はぁっ、も、だめぇ……っ」

「いいよ。見てるから、イって」

すぐ側にある恍惚《こうこつ》とした視線を感じながら、自分で蕾《つぼみ》をぐちゃぐちゃにいじって掻《か》き回す。

「かわいい……。大好きだよ」

その呟《つぶや》きが耳に届き、差し込まれた指がグッと奥に届いた瞬間。

下腹から我慢できないなにかがせり上がってきて、すぐに溢《あふ》れた。

羽角さんのベッドのシーツも、彼の手も、手首も、自分の足も。さらさらとした液体でびしょびしょに濡れている。体中が熱くてどうにかなってしまいそうだった。

「潮吹いちゃったね。自分でいじって、そんなに気持ちよかった？」

ぐったりとベッドに横たわり、ひたすら息を吐き出す。

なかなか息苦しさが治まらず戸惑《とまど》っていると、羽角さんの唇がまた私の唇を食《は》みにやってきた。

彼から送り込まれる空気を受け取り、深く息を吸う。甘く優しいキス。ゆっくり瞬《まばた》きをして、うっとりと彼を見つめる。

「瑠璃に、こんな風に見つめてもらえる日がくるなんて……夢みたいだな」

そして彼も同じくらい呆《ほう》けた瞳で私を見る。お互いに、焦点《しょうてん》の合っていないみたいな瞳で、それでも見つめ合うのを止めない。

おもむろに、でも視線は外さず、羽角さんが体を起こす。

「挿れるよ」

くぷ……と湿った音が響く。切なげに眉を歪《ゆが》めた羽角さんは、信じられないほど綺麗《きれい》だ。こんなときでも。

「もっと、中まで……いい？」

顎《あご》を引いて頷くと、こめかみにキスが降った。彼の昂《たか》ぶりが入ってくる。ぞわぞわとした小さな刺激に目を閉じたくなった。でも、美しいこの人が快楽に震《ふる》える表情を、見ていたいとも思う。

「瑠璃」

「は、ぃ」

「俺のこと、好き？」

……今、聞こえた不安そうな呟《つぶや》きは、聞き間違いだろうか。

「俺のことが好きでしょう？」と断定した上で聞かれることや、「好きって言って」と催促《さいそく》されることはあっても、尋ねられたのは初めてのような気がする。

「俺、まだ瑠璃に一度も好きって言ってもらってない」

確かに「知らない」としか言っていなかったかもしれない。もしくは、彼の問いかけに頷くことで答えを示すか。

早鐘《はやがね》のように強く刻む鼓動が、耳のすぐ近くで聞こえる。

「えー……、その……あー、と……」

さっきも今も、もっと恥《は》ずかしいことをしていたのに。

たった一言好きと伝えるのが――同じくらい恥《は》ずかしくてたまらない。

大袈裟《おおげさ》かもしれないが、意を決して口を開いた。

「この恋の始まり方は、割と悔《くや》しいなと思う気持ちが強いのですが」

「うん」

「あの、……はい、好きです。っ、え？　きゃあっ」

私がようやく言い終えた途端《とたん》、昂《たか》ぶりを奥まで突き立てられて、激しい律動《りつどう》が始まる。

がくがくと揺れる視界、激しい悦楽《えつらく》。肌と肌がぶつかる音と淫《みだ》らな水音。

おまけにぐりぐりと蕾《つぼみ》を捏《こ》ねくり回され、悲鳴のような喘《あえ》ぎ声を上げてしまう。

「い、ゃぁ……っ！　あっ、ぁっ、ん、ぅ！」

「やっと聞けた。嬉しいな」

掠《かす》れた甘い声には、はっきりとした喜悦《きえつ》が含まれている。胸がきゅんと疼《うず》いた。

「瑠璃、もう一回言って。俺が好きだって」

「ぁあッ、んん、ふ、ぅ……ッ、ん、んんっ」

「瑠璃？」

「は、ぁっ、あ、す、き……っ、好き、です……っ、ぅ、ああっ！」

ありがとう、俺も愛してるよ。そう言いながら、仰向《あおむ》けになっていた私の体を横に倒し、片方の足を取る。

そしてもっと深く、昂《たか》ぶりを一番奥へ押しつけて思い切り腰を振る。体がばらばらになってしまいそうだ。

「はっ……ああ、最高に気持ちいい……」

瑠璃が好きって言ってくれたからだな、と息を荒らげながら告げられる。

「は、ぁっ、今、ぎゅってなった」

意味を理解した途端《とたん》、余計に彼の昂《たか》ぶりをぎゅっと締めつけてしまう。恥《は》ずかしい。でも気持ちがいい。

「……っ、は……、音、聞こえる？　奥、突くと……中から溢《あふ》れてくる」

もうやめて欲しい。いちいち言わないで。

そう思うのに、下腹がきゅんきゅん疼《うず》く。

「そんなにとろんとした目で見つめながら喘《あえ》いで……、瑠璃は正直だ。かわいい」

ふっと唇の端《はし》を上げた彼に、キスをされる。

必死に腰を捻《ひね》り、首筋にしがみついた。

肌の上を、どちらのものともわからない汗が滑《すべ》っていく。

キスをしたまま腰を掴《つか》んで突き上げられ、ぞわぞわとした細かい泡のような快感が体の下のほうから上《のぼ》ってくる。

好きだよとくぐもった声が聞こえて、私も好きだとキスをしながら何度も言った。

言葉と体で、愛情を伝え合った。

私も、最高に気持ちがよくて泣きながら喘《あえ》いだ。

キスをしたまま、羽角さんの体がびくびくと震《ふる》える。膜《まく》越しに彼が吐精したのがわかって、その首元をもっとぎゅっと、強く抱きしめる。

「……大丈夫？」

「はい……」

——新たな扉開いちゃった、かも。しかもあんま嬉しくないやつ。

息を整えながら己の痴態《ちたい》を省《かえり》みて、複雑な気持ちになる。

性経験は豊富ではない。なにせ今まで付き合った相手は一人だけだ。

羽角さんとこうなって、かなり久しぶりに行為に及んだわけだが、たかが二か月でなんだかいろいろと溺れてしまっているような気分だ。肉体的にはもちろん、精神的にも。

ちゅ、ちゅ、と額《ひたい》にキスをされながら、羽角さんをじっと見上げる。

「あの」

「なに？」

「お願いします、実況中継するのやめて下さい」

躊躇《ちゅうちょ》したら言えないと思い、一本調子で一気に言い切った。

これ以上、私の変態性が加速しないように、忠告しておかなければ。

「実況中継？　なんのことかな。説明して」

「説明……えーと」

「例えばどんなこと？」

例えば……と、視線を遠くに飛ばしながら真面目に考える。例となる言葉が頭にいくつも浮かんだ。ついでに羽角さんの甘い声とか意地悪な笑顔を反芻《はんすう》してしまい、頬が熱くなる。

そして、私はやっと気づいた。

ベッドにうつぶせになり頬杖《ほおづえ》をついている羽角さんが、にやにやしながら私を観察していることに。

「つ、言えるかぁっ！」

「ふっ、ははっ。あーかわいい」

咄嗟《とっさ》にかなり無礼《ぶれい》な物言いをしてしまい謝罪すると、「ずっとそうやって話してよ」と逆に懇願《こんがん》された。

「事務所では上司と部下だけど、今は恋人同士でしょ」

「そう、なんですけど……」

「ほら、漫画読みながらツッコミきめるみたいにさ。『なんでこのタイミングでそういうこと言うんだよっ』とか。俺にもあれくらい自然に話してくれたら嬉しいなー」

「なんっで私が漫画読みながら心の声を発してしまうことを知ってるんですか……！」

「あと『えらいぞ、よくやった』とかも言って欲しい。褒《ほ》めて」

この会話中、褒《ほ》める要素がひとつもないのに言えるか、そんなこと。

「瑠璃は漫画を読みながら、自分もその世界に入り込むのが大好きでしょう。いいなと思うよ。誰かの作った世界に素直に入り込めるのは、素敵なことだから」

「や、私はただ漫画好きなだけなんですけど……。でも、ありがとうございます」

「それとさ」

口元に自分の掌《てのひら》を付けた羽角さんが、内緒話をするように小声で言う。なにも考えずに彼のほうへ耳を寄せた。

「実況中継も本当は大好きでしょう？　瑠璃はちょっと恥《は》ずかしいくらいのほうが、余計に興奮するもんね？」

耳たぶをぱくりと食《は》まれる。やっぱり、見透《みす》かされていた。

恥《は》ずかしくて「違う」とそっぽを向くと同時にカチ、というなにかのボタンを押したような音がする。驚いて振り向くと、羽角さんは殊更《ことさら》美しく微笑《ほほえ》んだ。

その手にボイスレコーダーを持ちながら。

『あっ、ああっ！　……ッ、いっ、やぁ……っ！』

「よく録れてる。よかった。ほら、瑠璃がとっても気持ちよさそうに喘《あえ》いでるこの声を上げたのは、俺に実況中継されたあとじゃないかな。前後の会話も聞いてみる？」

あ、この人やっぱすごく変態だ。

レベルが段違いの変態だ。

どこから登場したんだ、そのボイスレコーダー。怖い。

「きっ、記録はしないって言ったのに……！」

「んー、録画はしない、とは言ったけどね」

「もー……っ、ほんと変態！」

「だから、そんなに褒《ほ》めないでよ。また興奮して勃っ……」

彼がそれを言い終える前に、慌てて掌《てのひら》を押し当て口を塞《ふさ》ぐ。

「下品ですよ！」

上品の塊《かたまり》みたいな羽角さんに、こんなことを言う日がくるなんて。

この状況で羽角さんがますますはしゃぐものだから、私はどっと疲れてしまい――

結果、無表情で彼に言い募《つの》った。

そのデータを消してくれないなら、もう二度と羽角さんとこういった行為をいたしませんと。

それから彼が無言でデータを削除するまで要した時間は五秒ほど。

いつもいつも羽角さんの掌《てのひら》の上で踊らされていると思うなよ、なんて、調子に乗っているだろうか。

8

『おはよう。やっと現地に到着したよ。瑠璃はこれから、いつものところかな』

十一月なかば、休日の午前九時過ぎ。羽角さんと付き合いだしてから初めて一人で過ごす休日。

ぽつぽつと傘に響く雨音を聞きながら、スマホに届いたメッセージを確認する。

羽角さんは今、社長と共に海外へ出張中だ。昨日の夕方こちらを発《た》って、ようやく到着したらしい。

移動後で疲れているだろうに、こうしてわざわざメッセージを送ってくれるなんて本当にマメな人だ。

すぐにも返信したい気持ちだったが、雨降りの街中で傘を片手にメッセージを打ったりなんかしたら、自分がなにかをやらかす気しかしない。

例えば、前方不注意で誰かに激突したりとか。看板に激突したりとか。

それから水たまりへ豪快に入水したりとか。

これまでの失敗経験を思い浮かべながら、スマホをバッグの中へ戻す。メッセージを送るのはあとにしよう。駅前の信号を足早に渡って、いつものところへと急いだ。

べた塗りの茶色の看板、そこに書かれている『コミック、インターネットカフェ』という文字色は白く、薄いクリーム色で縁取《ふちど》られている。

配色としては特に珍しくはないが個人的にはなぜか心惹《ひ》かれる看板だ。

この看板素敵だと思うんです、と羽角さんに写真を送ったこともあったっけ。

ちなみに、そのとき彼から届いた返事は『確かに。瑠璃の大好きなものがたくさん詰まっている場所だから、余計にそう思うのかもよ』というものだった。それも一理《いちり》あるのかもしれない。

うきうきしながら出入り口を抜け、店内に入ってすぐの場所で受付を済ませる。

漫画喫茶の料金コースは店によってさまざまだが、家の近所の店舗には、一時間いくらという基本コースとパックコースというものがある。

今日はまだ時間も早いし、十時間のパックコースにした。

このところ様々な仕事の締め切りが重なっていたので、まともな休日など久しぶりなのだ。目がしっぱしぱになるまで漫画を読み倒す所存である。

パックコースなので料金を先払いし、すぐさま少女漫画が陳列されている棚へ足を運んだ。

あれもこれもと腕に抱える。浮き足だって興奮が止まらない。

もう目に映る少女漫画全部読みたい。

恐らく表情には表れていないと思うが、内心うきうきしながら棚から棚へと移動を続けた。

大好きな漫画家のコミックが目に入った瞬間、なにも考えずにさっと手を伸ばす。

すると、逆方向から白い手が伸びてくるのが見えた。

慌てて手を引き、ぱっと顔を横に向ける。ふわり。ローズ系の甘い香りがした。

「やだ、ごめんなさい。どうぞ」

そこに立っていたのは、とても美しい女の人だった。

言いながら彼女がぺこりと頭を下げてくる。

美しい卵型の輪郭《りんかく》、まつげの縁取《ふちど》りが濃い大きな瞳、青みがかったピンク色のグロスをひいた、かわいらしい唇。私と同じ黒色の髪は、なんの偶然か同じような長さで同じような巻き方だ。

同じ髪型なのが恥《は》ずかしくなってくるくらいの、綺麗《きれい》な人だった。

「あ、こ、こちらこそすみません」

「いいえ、どうぞ？　これですよね？」

「い、いえ、お先にどうぞ」

しどろもどろな私に比べて、彼女はにこやかでとても感じがいい。

「実は私、この漫画つい先日読んだばかりなんです。とても素敵でしたよ。心が温まるというか……と、いけない、ネタバレになっちゃう」

「え……」

「ですから、どうぞ」

ふふ、と笑った顔は上品そのもので羽角さんを連想させた。

顔立ちは似ていないが、その笑い方がよく似ている。

「あ、では、す、すみません……」

首を竦《すく》めながらコミックを受け取ろうとした、そのとき。

バチっ！　と電流のようなものが流れた。静電気だ。けっこうな痛みを感じる強めの衝撃だった。

コミックの裏に隠れていて見えなかった彼女の指先と、私の手が触れ合ってしまったのだ。

「いっ……」

お互いに肩を揺らして驚き、すぐに手を引っ込める。

彼女が手にしていたコミックが床の上に落ちた。

「っ、す、すみませんっ」

「あ、いえ、こちらこそ」

しゃがみこんでコミックを拾うと、彼女も膝《ひざ》を折って同じ体勢になる。

「かなり大きめの静電気でしたね」

困ったように眉尻を下げながら、けれど唇の端《はし》を上げて彼女が言う。

大きめって言い方が正しいかわからないけど、と続いた言葉に、私も曖昧《あいまい》に頷いた。

強張《こわば》っていた頬が少し解《ほぐ》れた。

「せ、静電気なんて……もう、そんな季節なんですね」

緊張で言葉がつっかえる。けれど彼女は少しも嫌な顔をせず、うんうんと明るく頷いてくれた。

「そうですね。しかも雨の日に」

「あ……確かに。雨なのに」

「空気が乾燥しているときに起きやすいって言いますよね。私、冬場は酷《ひど》いんです。毎年十二月になると警戒し始めるの。今年は少し早かったな」

「あ、わ、私も、静電気族です。だから私のせいかも」

「静電気族？」

首を傾《かし》げた彼女が、次の瞬間歯を見せてにっこりと笑った。

美人の笑顔って間近で見るとすごい。

なんの気なしに見惚《みと》れてしまった。

「静電気族。おもしろい言い方するんですね。私もこれから使わせてもらおうかな」

おかしな言い方だったろうかと不安になったが、彼女が楽しそうに笑ってくれたのですぐに胸を撫《な》で下ろした。

そしてなにか言葉を返そうと考えたものの、どうぞ使って下さいというのもおかしな気がして沈黙が流れてしまう。へらっと笑うことしかできない。

「では」

軽く頭を下げながら彼女が去っていく。

彼女のうしろ姿と自分の指先を交互に眺《なが》めつつ、私はしばらくその場に留《とど》まっていた。

なんだか、少女漫画によくある運命的な出会いのようなものを体験したなぁと胸の内で呟《つぶや》きながら。静電気が、かなり余計だったが。

その後、気を取り直して漫画の物色を再開し、あてがわれた個室へと向かった。

手にしていた漫画を小さなデスクの上に置いて、バッグの中からスマホを取り出す。

『お疲れ様です。移動大変でしたね。この後、少しはゆっくり休めるといいんですが……。私は今、いつものネカフェにいます。今日は十時間パックです』

羽角さんへのメッセージを作り、読み返すこともなくそのまま送信した。

彼と付き合い初めて二か月あまり。

少しずつ、気楽に接することができるようになってきたと思う。こうして、メッセージを何度も読み返さずに、送信ボタンを押せるようになるくらいには。

スマホが小さく振動する。羽角さんからの返事が届いた。

『ありがとう。これから鞠哉さんと外出してくるけど、帰ってきたらしっかり休むよ。瑠璃はやっぱり、いつものところにいるんだ。十時間か、今日は長いんだね。楽しんで』

今日は長いんだね、の一文に苦笑してしまう。

確かに、長時間のパックで入室するのは久しぶりだ。彼と付き合う前だって珍しかったはず。

羽角さんと付き合いだしてからも、きちんと休める休日は必ず漫画喫茶に足を運んでいる。

ただし連休ならばどちらか一日だけだ。今日と同じくらいの時間にここへやって来て、お昼過ぎには彼の家へ行くことが多い。

――このところずっと忙しかったから漫画を読みたい欲求が爆発している。それは事実だ。でもほんの少し、彼のいない休日に寂しさらしきものも感じている。

それを紛《まぎ》らわすため、漫画に縋《すが》っている気持ちもないわけではない。

「わー……恥《は》ずかしい……」

照れをどこかへやるように、漫画を掴《つか》んでページを開く。

ふわ、と先ほどの美人さんから香ったいい匂いが、個室の中に漂《ただよ》った気がした。そんなわけないのに。

漫画を左手に持ったまま、右手を伸ばしてスマホを掴《つか》む。

『さっき、とっても綺麗《きれい》な女の人と少女漫画にありそうなやり取りをしたんです。めっちゃいい匂いがする美人さんでした』

それだけ送信する。二分後、返事がきた。

『そうなんだ。その女の人とどんなやり取りがあったのか気になるから、教えて欲しいな。あとで電話するからそのときに。それと、瑠璃は指輪のサイズ七号だったよね？』

「……え、なんで？」

唐突な文面に首を傾《かし》げる。

一応肯定の返事をすると『わかった。じゃあ、またあとでね』と返ってくる。一旦連絡を終えた。

それから十時間、私はみっちり漫画を読んで物語の世界に浸《ひた》った。

あの美人さんに譲ってもらった漫画は、彼女の言っていた通り心温まる素敵なお話だった。控え目に言って琵琶湖《びわこ》分くらいの涙を流した気がする。もちろん比喩《ひゆ》だが。

帰り際、なんとなく、あの人がいないかときょろきょろ見回してみたけれど、見つけることはできず。

感想を言いたかったなぁなんて、私にしては珍しく積極的な気持ちを覚えながら帰路についた。


その翌週。羽角さんが出張から帰ってくる金曜の朝、彼から『今夜の予定はどう？　もし空《あ》いてたら食事をしよう』と誘いのメッセージが入った。

通勤電車の中でスマホを見下ろしながら、喜びの気持ちがふわふわと浮かび上がってくる。けれど——会えるのも一緒に食事をできるのも嬉しいが、疲れているだろうに羽角さんの体調は大丈夫なのだろうか。

今回はかなりタイトなスケジュールで動いたと聞いているし、私と食事をするより家でゆっくり休んだほうがいいのではと心配になった。

なのでそうメッセージを送ると、『ありがとう、体調は問題ないよ。大丈夫だから会いたい』と返事がきた。

そしてその直後、『来てくれないなら拉致《らち》しに行くよー』という物騒な文章が送られてきたので慌てて了承《りょうしょう》の返事をした。

羽角さんがふざけているのはだいたいわかるけれど、加減を考えて欲しい。びっくりするわ。

仕事を終えたあと、急ぎ足で羽角さんに指定されたレストランへと向かう。

そこは民家にしか見えない建物で、いわゆる隠れ家風のレストランだった。

オシャレな店にドキドキしながら中へ入ると、黒いスーツを着た店員の方が、すぐに席へ案内してくれた。

他のお客さんはおらず、名前を伝えることもなく席に通されたということは、運よく空《す》いていたのだろうか。そういえば、彼と食事に行くといつも他のお客さんがいない気がする。穴場を探すのが上手なのかもしれない。

「瑠璃、お疲れ」

「あ、お疲れ様です。おかえりなさい」

「ただいま」

羽角さんはなぜか店の奥のほうから現れた。今、私が入ってきたドアとは反対方向の、店員の方が行き来する扉から。その奥にあるのは厨房《ちゅうぼう》だろうか。

「ここのオーナーが高校のときの同級生なんだ。ちょっと挨拶《あいさつ》してきた」

「高校の……そうなんですね」

「ん？　どうした？」

「あ、いえ。学生の羽角さんって……なんでしょう、こう、想像できないなぁと思って」

「そう？　小学生のときもあったよ」

彼は冗談めかしてそう言いながら、優雅《ゆうが》に席へと腰を下ろした。流れるような動作だ。立ったり座ったりするだけで、なんとなくがちゃがちゃする私とは大違いだといつも思う。

「出張お疲れ様でした。本当に体調は大丈夫ですか？」

「ありがとう。うん、全然。元気だよ。やっと瑠璃に会えたから余計にね」

会いたかった、という甘い言葉にはにかみながら、ほっと安堵《あんど》の息を漏らす。

すると、注文もしていないのに前菜が運ばれてきた。

楕円形《だえんけい》の白いお皿に、何種類かの前菜が彩《いろど》りよく盛りつけられている。

「あ、ごめん。話してなかったね。ここはメニューのない店なんだ。その日仕入れた材料とシェフの気分で料理が決まる。着いたらすぐに食べ始められるよう頼んであって」

「そうなんですか。すごい、そんなお店、初めてです……」

「今日たまたま空《あ》きが出たらしくて連絡もらって。瑠璃は食べ物の好き嫌いがないから、一緒に来たいなと、ずっと思ってたんだ」

オシャレな外観。その日仕入れた食材とシェフの気分で料理が決まる店。しかもたまたま空《あ》きが出たというのにお客さんは私たちだけだ。つまり、一日一組限定とかそういうこと……？

どうしよう、このお店すっごく高いんじゃないの。

運良く空《す》いてるーとか思ってた五分前の自分が情けない。全く思い至らなかった。ついでに一気に緊張してきた。

「こ、ここって一日一組限定とか、そういうお店ですか」

店員さんに聞こえないよう、向かいに座っている羽角さんに届く最小限の声で尋ねる。

「あ、うん。そうだね」

「じゃあもしかして、今まで連れていって頂いたお店でも、他にお客さんがいなかったのは……」

「んー、そうだったっけ？」

笑顔でさらりとかわされたが、不安しかない。

これまで羽角さんに連れていってもらったお店についても気になってくる。

先日私が、がつがつ頂いたあのでっかい肉の塊《かたまり》も、その前の泣けるほどおいしいお刺身も、きっと死ぬほど高いんだ。

いつもお金を受け取ってもらえないけど、今日こそは絶対に払わせてもらおう。

いくら羽角さんが事務所の稼ぎ頭《がしら》でも、それとこれとは別問題だ。

「いつもがつがつ頂いてすみませんでした……。もっとこう、よく味わって食べます。一口三十回嚙《か》みます」

「ははっ。かわいいこと言う」

羽角さんは、しばらくの間なにかを耐えるようにして笑っていた。

これは、大声で笑いたいのをこらえているのだと思う。多分。

「それもかわいいだろうけど、今日はいつも通りに食べる瑠璃が見たい」

眩《まばゆ》いばかりの微笑《ほほえ》みに、恥《は》ずかしくてつむじの辺りが熱くなる。

「昔から、瑠璃がおいしそうになにかを食べてる姿を見るのって、俺にとって最高の贅沢《ぜいたく》なんだ」

「昔から？　え、贅沢《ぜいたく》？」

予想外の言葉に驚いてしまい、単語でしか返せない。

昔とは、どの程度昔なのだろう。そもそも羽角さんと一緒に食事をしたことなど、こういう関係になる以前はほとんどなかった。

私は学生の頃から飲み会などへ積極的に参加するタイプではなかったし、私ほどではないにしても羽角さんもそうだったように思う。

「そう、昔から。瑠璃が大学生の頃から。今まで一緒に食事をする機会自体が少なかったし、二人きりなんて以《もっ》ての外《ほか》だったから嬉しくて」

「あ、そうですね。打ち上げなどでご一緒したことはありますが」

「でしょ。誘ったら恐縮されるか警戒されるかのどちらかだと思ってたから、二人きりの食事なんて誘えなかったな」

そんなことを考えていたのか、と驚いてしまう。

でも確かに、あの頃羽角さんに食事なんか誘われたら、断るのは申し訳ないのとご一緒するのも恐れ多いのとで、えらく悩むことになっただろう。

警戒なんてしないけれど、どちらにしてもこんな風に和《なご》やかな雰囲気で食事などできなかったと思う。

「だから今は、おいしそうに食べる瑠璃を独り占めできて幸せ」

「う……、あの……」

そんなことで羽角さんが本当に幸せになれるのかと、まだ少し不思議だ。でも嬉しい。くすぐったくてどう言葉を返したらいいのかわからないけど、とても嬉しかった。

コースの料理はどれもおいしくて、羽角さんは嬉しそうで、出張や仕事の話はもちろん、今夜は高校生の頃に流行《はや》っていたものなんかの話をしたりもした。彼とは年が六つ離れているので、流行が違うのが面白い。楽しい時間があっという間に過ぎていく。

ほどなくして席を立ち、店を出る。羽角さんはいつもどのタイミングで会計をしているのかよくわからないが、今日もいつの間にか済まされてしまっていた。

「あの」

「あ、瑠璃こっちだよ。今日は車で来てるんだ」

最寄《もよ》り駅の方向へと歩きながら、食事の支払いについて口を開いた途端《とたん》、彼が待ったをかける。

差し出された手を取ると、指が一本ずつ絡み合う。

「ごめん、さっきなにか言おうとしてたよね。どうした？」

「あ、はい。その、食事のお金を、今日こそは受け取って頂きたく……！」

「うーん、気になる？」

その問いに、深く深く頷いた。

「本当にいいんだけどな。さっきも言ったけど、瑠璃との食事は俺にとって贅沢《ぜいたく》なんだ。なにより時間を共有できるのが嬉しいし、同じものを食べておいしいって思えるのがすごく幸せ」

「それは、私も同じです。一緒に食事できるのは嬉しいですし……羽角さんが連れていってくれるお店は、どこもとてもおいしいし」

「そっか、ならよかった。瑠璃がなにかを食べながら話をしている姿って、目にも耳にも楽しいんだ。かわいくて色っぽくて」

「は……？」

「だから、かわいくて色っぽいんだよ。口の開け方とか、食べ物を噛《か》んでるときの唇の感じとか、パスタを食べるとき口をすぼめるのとか最高。あとそうだな、飲み物を飲み込んだときの音とか、時々見えるかわいい舌とか、カトラリーを持つときの指の形も」

「あの、ちょっと意味がわかりません」

「誤解しないで欲しいんだけど、一番の喜びは瑠璃と一緒に食事をできること、そのものだよ。ただその他にも、瑠璃をパーツごとに眺《なが》めつつ、かわいい声や咀嚼音《そしゃくおん》を聞きながら、唇舐《な》めたいなとか、あのすぼめた口で指咥《くわ》えて欲しいなとか、今の吐息、やらしくてかわいいとか、人並み程度に思ったりして楽しんでもいるってこと。贅沢《ぜいたく》だよね」

誰が見たって完璧な美貌《びぼう》を持っている彼が、漆黒《しっこく》の髪を揺らして豊かに微笑《ほほえ》む。

幸福感に溢《あふ》れた煌《きら》びやかな笑顔は、闇夜でさえも明るく照らしてしまえそうだ。

「どうしよう……。視覚からの情報と聴覚からの情報が一致しない」

私が、か細いで呟《つぶや》くと、彼は声を上げて笑った。

ご機嫌に笑っている場合か。こちとら違和感しかないというのに。

「食事中にそんなこと考えてる人間が、この地球上に生息《せいそく》してるんですね……とても不思議です」

正直若干《じゃっかん》引きながらも、ああ、羽角さんだなと生暖《なまあたた》かい気持ちになる。

そして個人的には、高いところにいらっしゃったデザインの元神様が、また地上にお近づきになった心地だった。

というかもう地面すれすれ。そろそろ地中に突入しちゃうから変態もほどほどにして欲しい。

「地球規模で考えなくても。目の前にいるよ」

繋いでいた手をぱっと放し、車に乗り込む。

「そうですね。わー珍発見」

一本調子でそう返答すると、彼は自《みず》ら手《か》の甲を口元につけて、もっと笑った。

「でも、それだけじゃないけどね」

車のエンジンがかかる。シートベルトを締めた彼が、ステアリングを握る。

「俺、瑠璃を作っているすべてのものを愛してるから」

するりと髪に指を差し込まれ、毛先に小さなキスが落ちる。

その優しく細められた目元にも言葉にも、心がきゅんとときめいてしまった。

ときめきが体中に薄く広がっていく。その言い方は、ずるくないか。

「見るところ感じるところが多くて本当に楽しいよ。全部好きだ」

羽角さんのくれる言葉や愛情は、普通とはかなり違う。

けれどだからこそ——できるだけ傷つかないために身構えていてもふいうちで、いとも容易《たやす》く突破し心の中に入り込んでくる。

彼のくれる言葉や愛情は、恋愛にも自分自身にもなかなか自信を持てずにいる穴だらけで不格好な私の心にまで広がり浸透《しんとう》してしまうし、その穴を埋めてくれたりもする。

すると私は、少しだけ自信を持てるようになる。

羽角さんに愛されていると疑いようもなく信じることができるのだ。

「このあと、なにか予定はある？」

「え？　いえ、特には」

「そっか。明日は休めるの？」

「はい。今週の土日もしっかり休む予定です」

「じゃあ、このまま俺の家に連れて帰っても大丈夫かな」

どう？　と聞かれて、私は目をうろうろさせながらも頷いた。

かなりはっきりときめいたのが尾を引いている。

羽角さんと一緒にいるとああいう瞬間が多すぎて、恥《は》ずかしすぎて困る。

彼のふざけた言動にはかなり耐性がついたと自覚しているけれど、こっちは一生慣れる気がしない。

彼のマンションに到着し、部屋の中へ入る。いつも通り空間を無駄遣いしている広い広いワンルーム。けれど、今夜は部屋の様子が少し違った。

「あれ……」

いつも私がなんとなく腰を下ろしているテレビの前に、大きな家具が設置されているのだ。

ぱっと見た感じはベッドのようだった。

かなり大きな丸い形で枠は茶色、向かって後方のみ背もたれのように枠が高くなっていて、その中には白いマットが敷かれている。それから、淡いクリーム色のクッションがいくつも置かれていた。

部屋の奥にあんなに立派なベッドがあるのに、なんでここにもベッドを？

他になにか家具が増えたわけでなく、床に直置《じかお》きされているテレビはそのままだ。

個人的にはテレビボードのほうが圧倒的に必要に思えるのだけれど。

「羽角さんこれ……ベッドですか？」

着替えを済ませた彼に尋ねてみる。

「あ、それ。ううん、ベッドじゃないよ。ソファ」

「ソファなんですか！」

なるほど。枠の前後の高さが違うのは、高いほうを背面として使用するからなのか。それにしても大きなソファだ。

「これね、大きさと、形が気に入ったんだ。この丸い感じ。あと色もね。瑠璃の好きなアレに、対抗できそうだなって」

「対抗？」

「おいで、瑠璃」

先にソファに座った彼に手招きをされ、私も隣に腰を下ろす。

座った瞬間上質なマットに包み込まれたように感じた。とても心地よい。うしろに背をつけ悠々《ゆうゆう》と足を伸ばしてもまだ余裕がある。

羽角さんは無理だろうけど、私だったら真っすぐ寝転がってもはみ出さないんじゃないだろうか。

「これは、なんとよいふかふか……、気持ちいいですね」

「気に入った？」

「はい、すごく」

「よかった。自分が気に入っても、瑠璃の好みじゃなかったら意味がないから」

ぎゅっと肩を抱かれ、こめかみにキスが落ちる。

それから私の頭の上に彼が頬をつけ、少しだけ体重をかけてくる。安心する重みに喉が鳴りそうになった。

「この部屋に、瑠璃が寛《くつろ》げる場所を作りたくて。色味は、あの看板に対抗しました」

「あの看板……？　茶色と白とクリーム色……、あっ、漫画喫茶の看板!?」

頭上から細い笑い声が降ってくる。どうやら正解らしい。

「そのうち本棚も届くよ」

言いながら、彼が壁を指さす。

「肝心《かんじん》の中身は、瑠璃が選んで。とりあえず二千冊くらいしか入らないみたいだけど、本棚はあとから増やせるから」

「に、二千冊……っ？」

「で、わかるのだけ買ってきた」

はい、と手渡されたのは、私の大好きな少女漫画だ。高校生同士の恋愛物語。十五年近く前に刊行されたもので、内容を丸暗記してるくらい大好きな漫画。

「いつものところには敵《かな》わないと思うけど、この家も、瑠璃にとって居心地のいい場所にできたらって思ってる。瑠璃にそう思ってもらえる場所にしたいって」

長めの前髪から覗《のぞ》く薄茶色の瞳が、ゆっくりと細まる。

それはとても美しい微笑《ほほえ》みだった。温かくて、優しくて、愛しい。

漫画を右手で持ったまま、私は左手を伸ばして彼の首元に抱きついた。

鼻の奥がツンとして、視界がじわじわとぼやけていく。

「あ、ありがとうございます……。嬉しいです。すっごく、嬉しいです」

きっともうしばらくしたら、私はまたお金のこととか、漫画二千冊って床は大丈夫なのとか、かわいげなくいろいろ気にしてしまうのだろう。

でも今は、喜びを噛《か》みしめて、この気持ちをしっかり言葉で伝えたい。

かなり変わってるけど、私のことをとても大切に考えてくれる羽角さんに。

「そうやって考えてくれるのがすごく嬉しくて……感動してます」

思いつくのは月並みな言葉ばかり。

でも、ちゃんと伝わっている。彼の顔を見ればそれがわかる。

「よかった」

「あの、漫画は少しずつ家から運ばせてもらいますね」

「そう？　でも好きなだけ買い足して。あとで一緒に本屋へ行こうか」

上質なソファマットよりもっと心地よく抱きしめられて、私は羽角さんのくれる幸せの渦《うず》の中にいた。

——本当は、今日の食事の支払いをごまかされたことに気づいているけれど。

もうしばらくは黙っていようかな、なんて夢見心地で体を預けていると、彼がおもむろに片腕を解《ほど》いて、部屋着のポケットの中に手を入れた。

体を離して彼の動作を見守る。すると、そっと指を包まれた。

「え、え……!?」

ふわふわと笑いながら、羽角さんが左手の薬指に唇をつけてくる。

ゆっくりと指を滑《すべ》る銀色の指輪。中央には、四本爪に支えられている深い青色の小さな石。

「ぴったり……かな。もらってくれる？」

私の薬指を撫《な》でながら、じっとそこを見下ろしている彼の耳はほんのり赤い。

指輪をもらうだなんて人生で初めての出来事だ。

あわあわとするばかりで、うまく言葉が出てこない。

「い、いいんですか。こんな、素敵な」

「うん。よかったら、つけてくれると嬉しい」

「は、はい。ありがとうございます……、なんだか頂いてばかりで……」

「それで、俺と結婚してくれたらもっと嬉しいんだけど」

「あ、結婚……。……結婚!?」

あんぐりと口を開けて瞬《まばた》きを繰り返す。

目の前にいる羽角さんも私の真似《まね》をするように、わざとらしく口を開けた。そしてそのまま、距離を縮めてくる。

「ん、ぅ……っ」

べろり。大きく開けていた私の口の中に彼の舌が入ってきて、舌を舐《な》められてしまう。こすこすとそこを擦《こす》り合わせるように動くから、慌てて彼の肩を押した。

「ちょっ……と、行動の意味が不明すぎます！」

「瑠璃のかわいい舌が見えたもので。つい」

「え、わかんない、ついでいちいち舐《な》めます⁉」

「これが舐《な》めたくなっちゃうんだなぁ」

「仕方ないみたいな体《てい》で言うの、やめてもらっていいですか」

私は真面目に窘《たしな》めているというのに、羽角さんは上機嫌だ。変態だから怒られるのが好きなのだろうかと目を細めたくなってくる。

「で。俺と結婚してくれますか？」

「ほ、本気ですか？」

「もちろん。ふざけているように見える？」

「あ、はい」

即答すると、苦笑しながら頬を突《つつ》かれる。羽角さんには何十秒か前の自分の行動を、ぜひ思い出してみて欲しい。思い切りふざけていたではないか。

「私の記憶が正しければ、まだお付き合いを始めたばかりだったような……」

「もう二か月くらいになるんじゃないかな」

「で、ですよね。まだ二か月ですよね」

「うん。そうだね」

それがなにか？　と言葉にはしないものの態度と表情で示され、言葉を詰まらせてしまう。

「今すぐ答えが欲しいなんて言わないよ。……と、俺の気持ちを今、伝えてもいい？」

こくこくと、ただ頷いた。

「瑠璃のいないこの先の人生なんて考えられない」

簡潔で情熱的な言葉に圧倒される。本当に本気なんだ、と今さらながら理解した。

結婚。羽角さんと私が結婚。ぐるぐると同じ文字が頭の中を巡って、どうにもならない。

「だから、ずっと一緒にいることを約束したい。口約束だけじゃなくて紙の上でも」

その真剣な眼差《まなざ》しは、デザインに正面から向き合っているときとは全く違う。見たこともない種類のものだった。

「瑠璃と結婚したい」

だから、戸惑《とまど》ってしまう。

さっきみたいに――この部屋を私にとって居心地のいい場所にしたいと言ってくれたときのような喜びは湧《わ》いてこない。あるのは戸惑《とまど》いだけ。

でも、どうしてこんなに当惑しているのか自分でもよくわからない。

ファクターを見つけようと考えれば考えるほど混乱してしまうのだ。

「か……考えます。たくさん、考えます」

私がやっとやっとそう言うと、羽角さんは慎重《しんちょう》に頷いて「でも考えすぎないで。なにか思うことがあったら教えてね」と言ってくれた。

9

週明けの月曜日。

他社へ出向いて打ち合わせをした帰り道、私は次の打ち合わせまで、一人カフェで時間を潰《つぶ》していた。

今日は移動時間の関係で昼食が取れていなかったので、遅めのランチとしてピラフをオーダーしたものの……お腹が満たされず。追加でオムライスも食べてしまった。

そこからまさかのデザートプレートまで注文してしまい、さすがに食べ過ぎたと少し反省する。

肩を落としつつ、水の入ったグラスに手を伸ばす。

その際、薬指の指輪が目に入り、ため息を吐きながら腕を戻した。

――どうしてあんなに戸惑《とまど》ってしまったんだろう。間違っても、羽角さんとの結婚が嫌なわけじゃない。嫌なわけないのに、どうしてだろう。

二十六にもなれば、結婚という言葉を耳にする機会は増える。そう多くはないが、地元の友人の中には結婚した子もいるし、結婚式にも何度か列席している。

けれど、それがいざ自分の問題となると話は変わってくる。

どこか現実味がないというか、大袈裟《おおげさ》ではなく、自分は結婚というものと関係のないまま生きていくのだろうと思っていたから。

恋愛をしている今の状況だけですでに、自分の頭の中の少ない容量がいっぱいになっている。それは確かだ。

けれど……それだけで、あんなに困惑した気持ちになるものだろうか。

羽角さんのこと、本当に好きなのに。

気になって気になって惹《ひ》かれた相手を、今の私は日に日にもっと好きになっている。恐るべきスピードで、羽角さんへの恋心が育っているのだ。

なのになんで？　自分のことなのに、わからないのが情けない。

「あら？　あの、すみません」

思案していると、突然隣の席の人から声をかけられた。指輪から目を離し、そちらに顔を向ける。

「あっ」

私が驚きの声を上げると、形のよいピンク色の唇が綻《ほころ》んだ。

「以前漫画喫茶でお会いしましたよね。ほら、あのとき静電気が」

彼女が楽しそうに言いながら綺麗《きれい》な会釈《えしゃく》をする。私も慌てて頭を下げた。

「ごめんなさい、突然声をかけたりして」

「い、いえ」

彼女と漫画喫茶で会ったのは、十日ほど前だったろうか。

彼女は一度見たら忘れる人などいないだろうというほどの美人さんなので、私はしっかり顔を記憶しているが、まさか彼女も私のことを覚えていてくれたとは驚いた。

「あのあと、あの漫画読みました？」

嬉しそうに話を続ける彼女に、多少圧倒されながらこくりと頷く。

すると「そうですか！」と、そこに花が咲いたかのような笑顔が弾《はじ》ける。

それは好感しか抱かない、かわいい笑顔だった。あまりにもかわいすぎて、ちょっと頬が熱い。

「……と、急にすみません、いま少しお時間大丈夫ですか？」

「え……、あ、はい。十分くらいなら」

ぼそぼそと話してしまったせいで、感じの悪い言い方になったかもしれない。そう聞こえていたらどうしよう。

落ち着け、落ち着け、と自分に言い聞かせる。

「す、すみません。仕事に戻らないといけなくて。でも、十分くらいなら平気です」

心持ちにこやかに言い直してみたが、上手く笑顔が作れているかはわからない。

「そうなんですね。じゃあ、五分だけお時間頂いてもいいですか？　あの漫画の感想をぜひお聞きしたくて」

彼女が気を悪くした風ではないことに安堵《あんど》し、「はい」と頷く。

それから本当に五分程度だったが、漫画についてあれこれと話をした。

私たちはかなり似通ったジャンルをお互い読み漁《あさ》っているようで、知っているタイトルがごろごろ出てくる。

「先日お会いした漫画喫茶には、よく行かれるんですか？」

「はい、休みの日には」

「じゃあ、またお会いすることがあるかもしれませんね」

白いニットの上にロングコートを羽織《はお》り、彼女が席を立つ。それから私の席の向かいへ回ると、私の伝票をすっと持ち上げ、たおやかに手を振る。

「お忙しいのにごめんなさいね。どうもありがとう。お付き合い頂いたお礼に、どうかここはご馳《ち》走《そう》させて下さい」

「えっ、いえ、そんな……」

「ぜひ、またお話ししましょう」

「あっ、そんな、大丈夫です！」

焦《あせ》りながらバッグをひっくり返し、財布を取り出す。会話した程度で奢《おご》って頂くなんて、とてもじゃないが申し訳ない。

必死の形相《ぎょうそう》で追いかけるも、私がレジについたときにはもう、彼女はスマートに会計を済ませていた。

「あの、これ」

お札を差し出すも、しかし彼女は受け取らず。綺麗《きれい》な微笑《ほほえ》みを残し、店を出ていってしまった。

「な、なんて粋《いき》なスマート美人……」

私は目をぱちぱちさせながら彼女のうしろ姿を見送った。


それから彼女と三度目の遭遇《そうぐう》を果たすまでに、大した時間はかからなかった。

このタイミングで、私が漫画喫茶に行く頻度《ひんど》が上がったのがその理由のひとつだったかもしれない。

というのも、事務所が繁忙期《はんぼうき》に入った十二月のなかば、私は、少し気持ちが落ち込んでいたのだ。繁忙期《はんぼうき》の事務所内で、自分ができることがあまりにも少なく愕然《がくぜん》としていた。そうして、うしろ向きな思考をなんとかリセットするために漫画喫茶に通うことが増えた。

デザインについて前の職場で学んだこと、そして転職してからの半年で覚えたこと。

憧《あこが》れだった事務所に入って自分にもできることがあるような気になっていた。

でもそれはただの勘違いで、この半年私が仕事を任せてもらえたのは、たまたま事務所にゆとりがあったからだ。厳しいスケジュールの中で動くとなれば別の話で、半人前の私など本当に役立たず。

そしてそれがいくら歯痒《はがゆ》くったって、すぐにスキルなんて身につくわけがない。

頭ではわかっているのにできないことにまた落ち込む。その繰り返しだ。

こんな私が羽角さんと結婚……？　と指輪を眺《なが》めては自嘲するというネガティブな思考回路に、自分でも嫌気がさす。そして疲れる。

そんなとき漫画喫茶で、彼女と再会した。

それは個室で長編少女漫画に熱中していたときのことだ。

彼女が、部屋番号を間違えて私の個室に入ってきてしまったのである。

それから三日後の今日も、店内に設置されているドリンクバーで彼女と遭遇《そうぐう》した。

「あ、こ、こんにちは」

小声で挨拶《あいさつ》をすると、彼女はにこっと笑みを浮かべて駆《か》け寄ってきてくれる。

「こんにちは。先日はごめんなさいね。部屋番号を間違えてしまって……」

「いえ。全然、大丈夫です」

慌てて両手を左右に振ると、グラスからはみ出したソフトクリームが斜めに傾く。

「今日はお仕事お休みなのかしら？　何時までこちらにいらっしゃいます？」

小さな顔を寄せてひそひそと、彼女が尋ねてくる。

「はい、今日は休みで朝から来てるので、二時くらいまでいます」

「じゃあ、もしよかったら、店を出たあと少し外で話しません？」

そのお誘いには多少面食らったし、上手く話せるかなと急激に不安にもなった。どうしたものかと戸惑《とまど》っていると「無理だったらいいの。ごめんね」と彼女が寂しそうに眉尻を下げる。

「いえ、その、私でよければ」

咄嗟《とっさ》にそう答えていた。

人付き合いが苦手な私にとっては正直不安が大きい。でも断らなかったのは、もう少し話をしてみたいと私も心のどこかで思っていたからだ。

彼女と漫画のことを話すのは素直に楽しかったし、仕事で落ち込んでいるこんな気分のときだからこそ、少し冒険してみようと思ったのかもしれない。

「本当？　嬉しい。ありがとうございます」

「こちらこそ、です。じゃああの、今日は私にご馳走《ちそう》させて下さい。この間のお礼に」

すると彼女はちょっと困ったように、でもどこか楽しそうに「ご馳走《ちそう》になります」と言ってくれた。

約束通り、漫画喫茶を出たあと彼女と合流し、向かったのは近所のレストランだ。

「今さらですけど、私、瀬川《せがわ》といいます」

「あ、はい。み、水原瑠璃です」

「瑠璃ちゃん。かわいい名前ね。年齢を聞いてもいいかしら？」

二十六です、と答えると、彼女が驚いたように口を開く。

「あら、私の十個も下なのね。年は離れているけど、仲良くしてくれたら嬉しいな」

「は、はい……えっ⁉　十個⁉」

年齢よりちょっと……いや、とても若く見える彼女に、私こそ驚いた。

店に着いてしばらくは、緊張しすぎて全く口が回らなかったものの、食事を終え話題が漫画のことに移ってからは不安も緊張もみるみるうちに吹き飛び——あっという間に時間が過ぎていく。

二時間ほど話した帰り際、彼女は「とても楽しかった」と言ってくれた。

それから連絡先を交換し、よかったらまたごはんを食べに行きましょうと誘われたときには、ここへ来る前の戸惑《とまど》いなど嘘のように二つ返事で頷いた。

知り合って間もない人とちゃんと話せたこととと、この時間を彼女が楽しいと言ってくれたことが、やけに嬉しかったのだ。うしろ向きに悩んでいた分、余計に嬉しかった。

「またね」

ふふ、と女神のように笑った瀬川さんが手を差し出してくる。

別れの握手をしようとしてくれているらしい。

そんな習慣のない私は慌てて服で手汗を拭《ぬぐ》い、そっと瀬川さんの指先に触れた。

——その瞬間。

「いった！」

閃光《せんこう》さえ見えてしまうのではというほどの静電気が走った。

「私たち……とんでもない静電気族ですね」

言いながら美人が目を丸くする。

私は痛む右手中指を掴《つか》みながら、彼女と同じように目を見開いていた。

10

久しぶりにプライベートで羽角さんと会うことになったのは、年末年始の休暇に入ってからだった。

一か月ぶりに訪れた彼の部屋には、なんとまた家具が増えていた。ダイニングテーブルと椅子が二脚。青いラグまで。生活感がなくがらんとしていた部屋が、はっきりと変化している。

「ど、どうしたんですか」

「買っちゃった」

「いや、それはそうなんでしょうけど……」

「瑠璃に、家で過ごす休みの日もちゃんとご飯を食べるようにって言われてから、割と真面目に心がけててね。そうしたらテーブルがないと不便なんだよ」

「……あの、羽角さんって一人暮らしをされてどのくらいなんですか？」

「んー、十二年くらいかな。どうして？」

「あ、いいえ。そうですか、テーブルの必要性に気づくのに十二年おかかりになって……」

「え、俺いますごく馬鹿にされてる？」

私の飛ばした冗談を、羽角さんは嬉しそうに受け止めた。

でも、家でもご飯を食べるようになったんだ。よかったよかった。そんな当たり前のことに安堵《あんど》しているのがおかしくてたまらないけれど、とりあえずよかった。

彼は食事をほぼ外食で済ませていて、平日はもちろん、休日も外に出るときは食べてから帰宅するそうだ。

ただ休日に関しては極端で、外に出ないと決めた日は一歩も家から出ず、そういう日は大抵水だけ飲んで固形物を摂取せずに終わるのだとか。

彼がふわふわふわした笑顔で言っているのを聞いた結果、私は「おうちでもちゃんと食べましょう」と説得せざるを得なかったのである。

しかしこうなってくると、いまだ床に直置《じかお》きされているテレビが若干《じゃっかん》かわいそうになってくる。

当然ながらソファに座ったらテレビ画面なんて見えないし、ダイニングテーブルからも同じだろう。

羽角さんはパソコンで動画を見ていることが多いし、テレビはあまり見ないのかもしれないけれど。

「瑠璃、スマホ鳴ってるよ」

「あ、すみません」

スマホの入ったバッグごと手渡されて、画面を確認する。

「あー……」

「どうした？」

「実家から電話で」

気にせず出て、と彼が声をかけてくれたので、軽く頭を下げてから玄関のほうへと移動する。その間に一度着信は途切れたが、間髪《かんはつ》容《い》れずにスマホが振動し始めた。

「もしもし」

『あ、瑠璃？　ねぇ大変大変、大変だよ』

「どうしたの……」

電話をかけてきたのは母だった。間延びした声から、全然大変そうな内容ではないのが二秒でわかった。

『お隣のさっちゃん、とうとう結婚が決まったって』

「へぇ、そうなんだ。おめでたいね」

『うっそ、めでたいの⁉　ご近所の同級生の女の子、あんた以外みんなお嫁に行くよ⁉　瑠璃以外！　瑠璃以外！』

「あーもう、お母さん声大きいって」

私の実家は山に囲まれたど田舎——よく言えば、とても自然豊かなところにある。

とはいえ、今どき田舎でも女の子の結婚はそう早くない。

実家周辺の同級生が次々結婚しているのはたまたまだ。

「お母さん、視野を広げて考えてみよう。世間には未婚の二十六歳女子がたっくさんいるから」

事実、友人の中には結婚していない子だってたくさんいる。むしろ既婚者のほうが少ないくらいだ。けれど私の発言は火に油だったらしい。

『瑠璃はどうなってるのよっ。彼氏は？　結婚まで辿《たど》り着けそうな彼氏！　ねぇ瑠璃、早く結婚しようよ結婚。この際、相手は人間であればお母さん文句言わないから！』

母、完全にオーバーヒートである。

『もうお母さん瑠璃がちゃんと人間と結婚できるか心配で夜も眠れない……』

絶対に嘘だ。百パーセント夜はぐーすか寝ているに決まってる。

そして母は私が人間以外のなにかと結婚すると思っているのだろうか。

母が自由なのも適当なのも、女は早くに結婚するものだという思想の持ち主であることも重々承知しているが、いろいろデリケートな問題なので心からそっとしておいて欲しい。

『もう今年二十七になるってのに。結婚の気配がないどころか彼氏の一人もいないなんて……』

羽角さんのことを母には話していないので仕方ないが、なにも言っていないのに結論を出すこの感じ。

ああ、母と話しているなぁ……と楽しくなってしまって本気で笑った。

「今どき二十七で未婚って、全く遅くないけどね」

『遅い。遅いよっ。お母さんがあんたの年のとき、もう璃菜《りな》も生んでた』

璃菜とは、三つ下の妹のことだ。

妹も大学に通うため実家を出ているので、多分母は暇でしょうがないんだろう。

「うーん、正直、あんませっつかないで欲しいかな。お母さんがよかれと思ってアドバイスしてくれてるのはわかってるんだけどね」

『え、なんで？　お母さん、自分が若いうちに結婚したからこそ今の幸せがあると思ってるから、娘にもなる早で同じ幸せが降って欲しい』

「うん、ありがとう。実は、最近結婚について考え始めたところなんだ。でもまだきちんと答えが出てなくて。だから、この先それをお母さんに何度も言われるのは、しんどいからちょっと嫌だ」

『結婚について考え始めた……？　答えが出ない……？　え、瑠璃、彼氏いるの？　それともシミュレーションか二次元彼氏の話？』

「二次元彼氏は今のところいたことない。私、漫画は主人公の友達目線で読むタイプだし……って、とにかく、ちゃんと考えてる最中《さいちゅう》だから」

『ふーん……。ごめん、お母さんぶっちゃけ、さっちゃんに幸せ先越されたって焦《あせ》った』

「私はそうは思わない。人と比べても仕方ないから。お母さんと私は違うでしょう。性格も反対だって、いつも自分で言ってるじゃない」

『……確かに！』

心配してくれている気持ちは本物だと思う。

ただ、どこまでが冗談なのかよくわからない。

『あー、そっかそっか。腑《ふ》に落ちた。わかった、じゃあいいや。ごめん、もう言わないよ。あ、ただこれだけは言っとくけど、お母さんは相手が人間ならオールオッケーだから。じゃあねっ』

「それさっきも聞いたよ！　あ、ねぇちょっと待って。あのさ、うちの家族ってこう、静電気がひどめっていうか……静電気体質っぽい人のことなんて言うっけ」

『静電気族でしょう？　瑠璃も璃菜も、あんたたち揃って静電気族じゃない』

ですよねーと私が頷いたとき。通話はすでに切られていた。母も妹もそうだが、言いたいことを言って電話を切る癖は、どうにか直らないものか。無理か。毎度しょっぱい気持ちになる。

結婚。結婚かぁ……

それについては、羽角さんに指輪をもらったときからちゃんと考えてる。

仕事の悩みのほうに気持ちが傾いてはいたけれど、忘れてなんかいない。

でも、いくら考えてもすぐに気持ちに応《こた》えられない理由はわからないままだ。

羽角さんのなにかが気になるなんてことはありえないから、引っ掛かりは私の中にあって、私自身の問題なのだと思う。でも、なにに引っ掛かっているのかわからない。

自分のことなのに情けない……と項垂《うなだ》れながら羽角さんのもとへ戻ると、ソファで寛《くつろ》いでいる彼に、おいでおいでと手招きされる。

「電話終わった？」

「はい。母からでした」

クッションにもたれて足を伸ばしている彼の隣に腰を下ろす。

すると、羽角さんが腕を広げた。おずおずと移動し、その肩に頭を預ける。

「はー……、瑠璃の匂いがする」

つむじに彼の唇がくっつく。久しぶりの触れ合いが、なんだか照れくさい。けれど同じくらい嬉しくもある。

「やっと触れた」

すりすりと頬を撫《な》でられる。私はうっとりと目を閉じた。

「仕事、本当にお疲れ様でした」

「ん、ありがとう」

「十二月の後半は、毎年あんなに忙しいんですか……？」

「そうだね。年末はどうしても」

そうですか、と返しながら下を向いてしまう。

結局、大した働きもできずに仕事納めをしてしまったことや、まだネガティブな思考から抜け出せない自分がうしろめたかった。

「最近、ずっと元気がなかったね」

ぴく、と肩が揺れてしまった。

「瑠璃がなにに悩んでるのか、自分なりに考えてこれかなって思っていることはあるんだ。でも、できれば瑠璃の口からちゃんと聞きたい。教えてくれる？」

仕事についてうじうじ悩んでいることは彼に話していなかったのに、やっぱりお見通しなんだな、と苦笑してしまう。

「その……。事務所のみなさんが忙しくしているときに、なにもできない自分が情けなかったと言いますか……。手伝いたいと思っても、足手まといになったらと考えると怖くて、最後は手を出すこともためらったりして。最低だなって」

「……そっか。他にも悩んでることがある？　あったら話して」

「あとは、うしろ向きなことばかり考えて、そういうことを考えるのをやめたいのにそれもなかなかできなくて、疲れちゃった……感じです。すみません、こんな話。羽角さん、やっと休みに入ったのに」

「なに言ってるの。俺が聞いたんだよ」

頬を優しく撫《な》でてくれる彼が、あまりにも柔《やわ》らかな慈悲《じひ》深い眼差《まなざ》しで私を見下ろすから、目が潤《うる》んでしまう。

元来、精神的な強さは持ち合わせていない私だけど、このところ、羽角さんの前だと露骨《ろこつ》に弱くなる気がする。甘やかしてもらえると安心しているからだろうか。

「瑠璃はどんなことにも慎重《しんちょう》だし、リスクをきちんと計算できる。仕事もそう。チャレンジはするけど、できないことをできると言い張ったりしない。それは堅実って言うんだよ。いけないことじゃない」

ぽん、と頭の上に羽角さんの手がのる。

それからゆっくりと動く。まるで私をあやすように。

「俺は瑠璃のそういうところ、好きだけどな。でも自分の悩みごとを〝こんな話〟って言うのはやめて欲しい。瑠璃はきっと、迷惑をかけると思ってるんだろうけど……瑠璃の悩みを聞きたくて仕方ない俺がここにいるので。瑠璃が大切だから、そんな風に思われると悲しいんだよね。それはわかってくれると嬉しい」

　はい、と喉の奥から絞り出すような声で返事をした。

「それと、結婚のこと。俺は瑠璃を悩ませてる？」

「な、悩んではいません。ただ、考えてもわからないことがあって……」

「わからないなら、それでいいんだ。俺の気持ちを知っていて欲しかっただけって言ったでしょう。……ごめんね。おいで、瑠璃。抱きしめさせて」

　自身の膝《ひざ》を叩いた彼の腿《もも》に跨《またが》り、ぎゅうぎゅうと抱きつく。

　耳元で聞こえる、くすくすという笑い声が心地いい。

　——自分のネガティブな部分は、絶対的な欠点だと思っていた。

　なのに羽角さんは、引っ込み思案《じあん》な私を慎重《しんちょう》だと言う。

　それに私のどうしようもない悩みを聞きたくて仕方がないと言ってくれる。結婚のことだって、自分のことなのにわからないと言う私に、ごめんねって。

　こんなに自分のことを大切に思ってくれる人が側にいてくれるなんて、途方もない幸せだ。

　もう二度と、自分の悩みを〝こんな話〟なんて言ったりしないように気をつけよう。

　羽角さんが大切だと言ってくれるなら、私も自分の悩みや葛藤《かっとう》をもう少し大切にしたい。その上で、ちゃんと考える。結婚のこと、羽角さんを心配させない程度に、ちゃんと考える。

「ありがとうございます……」

　とんとん、と背を撫《な》でたあとで、羽角さんの顔が近づいてくる。

彼の服をぎゅっと掴《つか》んで目を閉じた。唇が重なる。

「ん……」

柔《やわ》らかくて温かくて、優しいキス。

するりと口内に入ってきた彼の舌に、自分の舌を絡める。

着ているカーキ色のシャツワンピースのボタンをいくつか外され、そこに彼の手が潜《もぐ》り込んでくる。胸を包む下着の上からやわやわと揉《も》まれて背が疼《うず》いた。

彼の唇が私の首筋へと移動する。何度もそこを啄《ついば》み、時折強く吸われる。小さな痛みを感じたあとには必ずそこをぬるりと舐《な》められる。

ぐっと腰を持ち上げられて、彼の足の横に両膝《りょうひざ》をつく。腕を抜かないままワンピースを剥《む》かれ、肩が露出した。それからぐっとブラを押し上げられて、そこへ羽角さんが顔を埋《うず》める。はみ出した胸の先をくすぐるように舐《ねぶ》られた。体が前のめりになってしまう。

「……そういえば」

「え……？　っ、んん……」

「漫画喫茶で知り合った人と……、ん……、ごはん、食べに行ったって言ってたよね？　その後、連絡はとってるの……？」

胸の先を舐《な》めながら、そしてもう片方の膨《ふく》らみをぷるぷると揺らしながら、彼がなんの気なしに話しかけてくる。

合間に漏れる熱い吐息が無性《むしょう》に色っぽい。

「は、い……。あれから何度かごはんに行って……、明日も、誘われてて」

体の芯《しん》に火がついた状態で、震《ふる》える声で返事をした。

「ふうん」

「んっ、あぁっ」

かり、と胸の先に噛《か》みつかれる。

酷《ひど》く痛むわけではないが、体にじんじんと響いてたまらない。

縋《すが》るように、羽角さんの頭を抱きかかえた。

「珍しいね。瑠璃が、知り合ったばかりの人と頻繁《ひんぱん》に食事に行くなんて」

ショーツのクロッチをよけて、指が膣内へと押し入ってくる。

小刻みに、速く抽送《ちゅうそう》されると、嬌声《きょうせい》を我慢することができない。

その間も胸への刺激はやまず、柔《やわ》らかい舌が絶えず胸を這《は》い回り、気まぐれに胸の先を噛《か》まれる。

「あっ、ん、ぁ……、あっ、あ、ぁ……っ」

久しぶりだからなのか、それとも他になにか理由があるのか、正確にはわからないがすぐにでも達してしまいそうだった。

いくらなんでも早すぎないか、と敏感《びんかん》すぎる自分の体に怯《おび》えてしまう。

きゅうっと丸まる爪先《つまさき》に力を込める。

そうすると下腹にも力が入って、余計に快感が大きくなる。

「ま、まって……っ」

待ってと言ったのに、指の動きがさらに速くなる。

「だ、め、はぁっ、んぅう！」

だめ、と言った瞬間、親指で蕾《つぼみ》をぐりぐりと押し潰《つぶ》された。

「その人とは、どんな話をするの？」

言ったあとで胸の先をじゅうっと吸われる。

「やあっ」

あちこち刺激されながらそんなこと聞かれたって答えられない。

なのに「教えてよ」と色香にまみれた声で催促《さいそく》される。

こんな状態で喋《しゃべ》れなんて意地悪だ。

言葉の合間に喘《あえ》いでしまうし、しかもそれは羽角さんの色っぽい声と違って、ただはしたないだけ。

「漫画の、話とか……し、ごとの……んぅっ、は、話とか。っ、趣味や休日の過ごし方とか……地元や家族のこととかっ」

すると、ぴたっと手の動きが止まった。

膣内を擦《こす》っている人差し指と中指も、蕾《つぼみ》をぐりぐりと押してくる親指も。

「そうなんだ」

今止めるなら、私が答える前に止めてくれてもいいような気がするんだけど……！

羞恥《しゅうち》からの文句を心いっぱいに広げつつ、私はちょっとした涙目状態だった。

「随分《ずいぶん》プライベートな話をしてるんだね。かなり仲良くなったんだ」

ふわふわと笑っているものの、潤《うる》んだ目元といい少し上がった呼吸といい、羽角さんの艶《つや》っぽさは凄《すさ》まじい。

「どうでしょう……私はそう思っていますけど……、彼女にとってもそうだったら嬉しいと言いますか」

「向こうも思っていなければ誘ってこないよ。それが瑠璃にとって嬉しいことなら、俺も嬉しい。よかったね」

「はい……。ありがとうございます」

「瑠璃がそうやって誰かと関わろうと思ったのは、いいことだ。きっと緊張しながら頑張ったんでしょう？」

どこかで見ていたのかなと思ってしまうほどの推察に驚きながら、頷いた。すると、でも、と羽角さんが言葉を続ける。

「……ちょっと妬《や》けるなあ。ただのヤキモチだけど」

私の胸に頬を寄せた彼が、小さく息を吐き出した。

「えっ⁉　じょ、女性の方ですよっ」

「うん、わかってるけど。俺は、瑠璃とそういう話をできるようになるまで長い時間がかかったから。なかなか懐《なつ》かない猫みたいな瑠璃を、短時間で近くから愛《め》でられるようになっていいなって」

「そうでしたっけ……？」

猫？　愛《め》でる？

表現が独特でいまいちぴんとこないけれど、羽角さんの気持ちは理解した。嬉しいけど妬《や》けるなんて、複雑な心情。

確かに、人と親しくなるまでに時間のかかる私が、瀬川さんとは距離が縮まるまであっという間だった。

漫画喫茶で偶然出会い、その流れで初めて食事へ行ったときは、漫画の感想を言い合って時間が過ぎたけれど、最近はもう羽角さんの言う通り――お互いの近況や身の上話をメインにしている気がする。もちろん漫画の話もするけれど。

彼女との仲が急速に深まったのは、出会いの印象がお互いの記憶に強く残るものだったこと、似たような種類の漫画が好きだという共通項があったことなど、いくつも理由がある。

加えて、これは私の勝手な都合だが、自分自身が冒険してみようと思えたタイミングだったことも大きいだろう。

瀬川さんは明るくて聞き上手の話上手、いつもにこにことしていて、上品だ。

出会って間もないのに、素敵だと思うところがいくつも浮かんでくる。それから――

「瀬川さんって……、ちょっと羽角さんに似てるんです。あ、顔じゃないですよ。雰囲気や話す感じや笑い方が」

「そうなの？」

「はい。だからかな、彼女といると安心します」

「……俺に似てるから？」

目を逸《そ》らしながら、こくこくと頷く。

「全く……困った子だね」

言葉とは裏腹の優しい優しい声。うっとりしてしまう。

彼は羽織《はお》っていた黒いカーディガンをソファの下へ落とし、ベルトとボトムのボタンを外した。そして中に着ているトップスを脱ぎ、手で掴《つか》む。

現れた肌は白く、美しい体だ。

強く腰を抱かれて、呼吸も忘れてしまいそうな激しいキスがやってくる。

彼に促《うなが》され、私の臀部《でんぶ》が羽角さんの足の付け根辺りに着地した。

ぴったり体をくっつけると、熱を持った昂《たか》ぶりがショーツ越しに秘所を揺らす。

舌を吸われながら、羽角さんの腰を掴《つか》んでいた手を外される。

そしてその手は私の腰のほうへと誘導された。自分の右手首と左手首が重なる。

なにをしているのだろうと疑問に思い、唇を離そうとしても、彼の舌が追いかけてきて絡めとられてしまう。

しゅるり。重なった手首に、なにかがまとわりつく。先ほど羽角さんが脱ぎ捨てたトップスだった。

「ん、はぁっ、んむ、うぅ……!?」

うしろ手を組まされて、そこへぐるぐると布を巻きつけられる。恐らく袖《そで》の部分だ。ぎゅっと縛られて腕の自由が奪われた。

「肩と腕、痛くない？　大丈夫？」

やっと少しだけ顔を離した彼が、きらきらと微笑《ほほえ》みながら尋ねてくる。

縛った張本人がなにを悠長な質問をしているのだろう。肩も腕も痛くはなかったが、突然の行為に驚愕《きょうがく》してしまい反応できない。

軽く体を持ち上げられ、ソファの背面部分に背を預けて座らされる。

膝《ひざ》を割られワンピースの裾《すそ》をたくし上げられ、黒いタイツに手をかけられる。

「あれ、瑠璃今日、紐のなんだね。すごい、タイミングがいいな」

私が今日穿《は》いているショーツはサイドを紐で結ぶタイプの、いわゆる紐パンだ。指摘されて頬が熱くなる。

「ふざけてないで解《ほど》いて下さい」

ようやく、そう抗議の声を上げた。

「ふざけてないよ。瑠璃が、俺に似てるからその人……彼女といると安心するなんて言うから。悔《くや》しいのと妬《や》いてるのと……ちょっと嬉しいのとで、複雑」

そのまま、リボン結びをしていた紐を解《ほど》かれてショーツを抜かれてしまう。

なのに三十デニールの黒タイツはそのままだ。

「羽角さん、なにしようとしてます……っ？　とりあえず腕解《ほど》いてもらっていいですか!?」

「お断りします。これから瑠璃の大好きな、ちょっと恥《は》ずかしいことするから」

手を縛られて足を開かれて、しかもタイツを直穿《じかば》きさせられて。

ちょっとどころの騒ぎではない。とんでもなく恥《は》ずかしい。

「ごめんね、あとで弁償する」

意味不明な発言の真意は、すぐに知れた。

羽角さんは私の足の間にしゃがみ込み、あろうことかタイツを破いたのだ。

秘所部分に穴が開き、周囲が伝線する。

その上、そこをまじまじと眺《なが》められる。

どうして今日に限って紐パンを穿《は》いてきてしまったのか悔《く》やんでも悔《く》やみきれない。

「は、はっ羽角さんっ!! やだやだ変態っ！」

足をばたばたして暴れても、優しく掴《つか》まれ動きを封じられるだけ。羽角さんはどこ吹く風だ。彼が私の足の間に陣取《じんど》っているから、足を閉じることもできやしない。

「瑠璃のここの色、ほんと綺麗《きれい》」

彼に両手で秘所を開かれ、蕾《つぼみ》に息を吹きかけられる。もう泣きそうだった。

「さっきイきそうだったもんね」

言いながら、中に指が入ってくる。

「ふふ、中もぬるぬる。一本で足りるかな」

顔を伏《ふ》せて目を閉じ、この羞恥《しゅうち》と性急に動き出した指が与えてくる細かい快感に耐える。

「ほら、すごい音。もう一本指、増やしてみる？」

なんの返事もしていないのに、指が二本に増やされる。

淫《みだ》らな水音をわざと大きくたてて、中をぐちゃぐちゃに掻《か》き回され、顎《あご》が上がる。

喉の奥から、か細く高い喘《あえ》ぎ声が漏れた。

ビッとまた布がさける音がする。破かれたのは左の太腿《ふともも》中央。

「瑠璃は太腿《ふともも》の形も綺麗《きれい》だよね。肉の付き方とか、この曲線とか。どうしてこんなにいい形なんだろう」

破れたタイツと肌の間に、れろ、と舌が差し込まれ窮屈《きゅうくつ》そうに動く。もどかしさと貼りつくタイツの微妙な刺激に背を震《ふる》わせてしまう。

「ふくらはぎも、足首も……腕も顎《あご》のラインもウエストも、胸の形も」

うっとりと囁《ささや》きながら、粘着質な視線が体中を滑《すべ》っていく。

「……どのパーツも完璧に綺麗《きれい》。あー……全身舐《な》めたい。また今度、させて」

熱の籠《こも》った声でそう呟《つぶや》くと、彼は中に入れていた指をゆっくり引き抜いた。

ぬめりのついた手が蕾《つぼみ》に移動し、二本の指の腹で弾《はじ》いてくる。いつもの円を描くような優しい動きとはまるで違い、激しく強い。

「あっ、んぁあ……ッ」

びくびくと勝手に腰が揺れ、思わず目を開いた。緩く巻いた自身の長い黒髪が、まるでカーテンのように顔の前で揺れる。

「はぁ……っ、かわいいな、やらしすぎだって……」

興奮を隠しもせず、息を荒らげながら腰を掴《つか》まれ、蕾《つぼみ》をじゅうぅっと吸い上げられる。

「ん、あっ、あぁ――――！」

秘所がひくひくと収縮し、強烈な快楽がつむじまで駆《か》け上《のぼ》った。

べろべろと舌全体で蕾《つぼみ》を転がされて、達したばかりの体に快感の輪が広がる。

必死にそれを逃そうとしても、動かせない腕と足ではどうすることもできない。

むしろそうして体の自由を奪われているのを実感してしまうと、体のどこかに小さな火が灯《とも》る。

「恥《は》ずかしい？」

そう聞かれて、唇を噛《か》みつつ首を縦に振る。

「瑠璃が恥《は》ずかしがってるところ見るの、すごく好き」

唇で蕾《つぼみ》を食《は》まれながら、ぐっと腰を高く持ち上げられてしまう。背中がずり下がった。

腰を持ち上げられたことで視界が変わり、目の前に信じられない光景が広がる。

私の足の間、タイツにできた大きな穴に顔をくっつけて、そこを舐《な》めしゃぶっている彼の舌先までもが、はっきり見えてしまうのだ。

「や、あ……！　あ、んんっ、羽角さ……、あぁっ！」

「見える？　俺が瑠璃のここ舐《な》めてるの」

見える。見せつけられている。見てしまう。

長い前髪から覗《のぞ》く瞳を恍惚《こうこつ》と光らせ、頬を興奮に上気させ、綺麗《きれい》な唇から赤い舌を伸ばしてそこをぴちゃぴちゃと舐《な》めている。

「とろとろだね……舐《な》めても舐《な》めても溢《あふ》れてくる……。恥《は》ずかしいの、気持ちいい？」

そうして言葉で痴態《ちたい》を示されるのにも、ぶるりと震《ふる》えてしまう。

やっぱり、私も変態だ。

縛られて、見せつけるように舐《な》められて、恥《は》ずかしいのに興奮する。

恥《は》ずかしいのが気持ちよすぎて――体中の血が沸騰《ふっとう》してしまいそう。

「だ、めっ、あぁっ、は、ぁ……っ、ん、んぁあッ！」

意図せず大きくのけ反り、腰ががくがく揺れてしまう。

私が二度目の絶頂に悶《もだ》えている間も、彼はまだ甘い責め苦を与えてくる。

先を硬くした舌を膣口に埋《う》めて、私が体を震《ふる》わせているのを嬉しそうに見ているのだ。とろんと溶けた瞳で。

持ち上げられていた腰をようやく下ろしてもらえたと思ったら、間髪容《かんはつい》れずに抱き上げられ彼の膝《ひざ》の上へ。

「ん……、ああ、中すごい……は、気持ちいい……」

対面した状態で、彼の昂《たか》ぶりに貫かれる。ゆっくりゆっくりと入ってくる分、昂《たか》ぶりが中に埋《う》まっていく感覚が鮮明だ。

頭を下げて額《ひたい》を彼の肩にのせる。首筋に貼りついた長い髪を、羽角さんが優しく払ってくれる。

「腕、痛くない？」

背に腕を回されながら、肩にキスをされる。

「痛く、ない……」

痛みなんか体中どこにもない。あるのは渦巻《うず》くような快感だけだ。

「辛かったら言って」

「辛くない……っ」

強請《ねだ》るように腰を前後に動かす。けれど自分の体を自由にできないから、思うような快感を得られずもどかしい。わかっているくせに羽角さんは動いてくれない。私の背をぎゅっと抱き首筋に流れる汗を舐《な》めとって、満足そうに唇の端《はし》を上げる。

「物欲しそうな顔して……たまんないな」

ツン、と少し中を突かれただけで、全身に痺《しび》れが走る。まるで戦慄《せんりつ》しているみたい。怖いくらいに気持ちがいい。

うしろ手に縛られているせいで、彼に差し出すような格好になっている胸の先を、ぢゅっと吸われる。

「動いて欲しい？」

びくびくと肩を揺らしながら大袈裟《おおげさ》に頷いてしまう。

「ちゃんと言って」

「や、だ、言えなぃ……っ」

「そう？」

「ひ、ぁあああっ」

散々嬲《なぶ》られてぐずぐずに溶けている蕾《つぼみ》を、親指でぐりぐりと捏《こ》ねくり回される。

かと思えば、その後は触れるか触れないかぎりぎりのところで緩い刺激だけを送り続けてくる。

蕾《つぼみ》をいじる手を止めないまま、首筋に舌が這《は》う。

肌の上を走るぞくぞくとした感覚が、少しずつ上がってくる。

耳のうしろを舐《な》め上げられて、一際《ひときわ》大きく喘《あえ》いでしまった。

こんなの羽角さんを喜ばせるだけだとわかっているのに、くちゅくちゅとダイレクトに響く卑猥《ひわい》な音を聞いていると、どんどん頭が変になっていく。

その状態で胸の先をそっと摘《つ》まれたものだから、もうだめだった。

全部気持ちいい。全部、苦しいくらい気持ちいい。

なのに秘所はじんじんとした疼《うず》きで切なくなる一方だ。

「あっ、……んぅっ、あぁっ！　もう、羽角さん、お願いだからぁ……っ！」

媚《こ》びるような甘ったるい話し方に自《みずか》ら嫌悪《けんお》を感じ、歯をくいしばる。

羽角さんは殊更《ことさら》嬉しそうに笑った。

「うん。じゃあ、ちゃんと言って」

愉悦《ゆえつ》を帯《お》びた声色に高揚《こうよう》して、内壁がぎゅっと彼の昂《たか》ぶりを締めつけてしまう。

彼はどう考えてもサディスティック寄りの変態だが、私も大概《たいがい》だ。

こんなところで意気投合したくなかったのに。

「う、動いて……」

「こう？」

彼がゆっくりゆっくり腰を動かす。

中を掻《か》き混ぜるように、円を描くように。

疼《うず》きが、もっともっと酷《ひど》くなる。

「違う、もっと、中の奥……っ」

あと少しで手が届く快感が欲しくて、いてもたってもいられない。

なにより——陶酔《とうすい》しきった彼の表情がたまらない。

「中の、奥のほうね。わかった、動くよ」

腰を掴《つか》まれて、思い切り上下に激しく揺さぶられる。お腹が熱い。待ち望んだ快感に、自分のそこがうねっているのがわかる。

拘束《こうそく》されている手をもぞもぞと動かし、肩を揺らし、目尻から涙を零《こぼ》して歓喜《かんき》に喘《あえ》いだ。馬鹿みたいに、心の高ぶりを感じながら。

気持ちよすぎて腰が抜けてしまうかと思った。

「気持ちいい？」

「う、あっ、あっ、んっ、気持ち、いぃ……っ、あぁっ」

「かわいいね、瑠璃……。恥《は》ずかしいって顔を赤くするところも、そうやって気持ちいいって泣いてるところも、大好きだよ」

揺れる視界に、恍惚《こうこつ》に浸《ひた》る美麗な瞳が映る。

じっと私を見て、甘い声で瑠璃と囁《ささや》いてくる。

胸の中から愛しさが溢《あふ》れてしまいそうなほど、どうしようもなくときめいた。

こんな状況でときめいている自分はどうかしてると思うのに、目の回るような官能の嵐の中で愛しさが募《つの》る。

彼の動きが大きく速くなり、余裕のない吐息が聞こえてくる。

下からがつがつと突き上げられながら、彼のこめかみに流れる汗に舌を伸ばす。さっき、羽角さんが私にしたように。すると彼の体が、私にもわかるくらいにぶるりと震《ふる》えた。

思い切り背を丸めて彼の肩口に顔を埋《うず》め、揺らされながら舌を出して彼の白い肌を舐《な》める。

自分の嬌声《きょうせい》も心臓の高鳴りもうるさい。頭がくらくらする。

——正常な意識を保てていたのは、それまでだった。

「もっと泣かせたくなっちゃうな」

途中で拘束《こうそく》を外され、恐ろしいことを呟《つぶや》かれたあとは——

朝まで散々抱き合って、泥のように眠った。

11

休日に瀬川さんと会うときは、大抵夕方に待ち合わせをして一緒に夕飯を食べる。

今日は朝まで羽角さんと抱き合っていたため信じられない時間まで眠ってしまい、到着したのは待ち合わせの時刻ぎりぎりだった。なんとか遅刻せずに済んで本当によかった。今日もレストランで待ち合わせ、昨日母と電話したことなど近況を話している。

「――そう、それで。ご家族みなさんで呼んでいたのね、静電気族って」

「はい、そうでした……」

「私も仲間入りさせてもらっちゃった」

ティーカップを持ちながら、瀬川さんが明るい笑顔を見せる。

私はと言えば、表情はいまだ少し硬いかもしれないが、かなり普通に話せるようになった。

「そういえば、年末は帰省するの？」

「いえ、今年はこっちで過ごすつもりなんです」

「そうなの。出身は東のほうなのよね？　確か……家の前の川が綺麗《きれい》だって」

「そうです。山に囲まれた田舎の町で。自然が豊かなところなんですよ。小さい頃は妹と一緒に山を走り回って、そこらの子ザルに名前をつけて遊んでいたような感じです。野生児といいますか」

「そうなの。静電気族って言い出したのはお母様なのかしら」

「多分そうだと思います」

「楽しいお母さまね」

「自由な人なんです。母のエピソードはいろいろあって……、祖母のモンペをパジャマ替わりにするだけじゃ飽き足らず、そのまま買い物に出ちゃうし……。ブリッジ健康法！　とか言っていきなりブリッジしだして、ぎっくり腰になったり」

「あら……」

「あと大酒飲みなので料理酒を飲みながらご飯作って、完成前に寝ちゃったりとか。実家は農業をしているので母は体力的に大変なはずなんですけど、日に一度は元気になにかやらかす人で。とにかく自由なんです。楽しいのは……楽しいかな」

私が、あははと笑いながら言うと、瀬川さんは眉根を寄せて少しだけ唇を開いた。けれど、すぐににこにこと口元を綻《ほころ》ばせる。

「瀬川さんのご実家は、都内でしたよね？　どんなご家族なんですか？」

「ええ、そうよ、実家は都内にあるの。最近まで一人暮らしをしていたんだけど、実は今、実家に戻っていてね。家族は父と母と、弟が二人」

「そうなんですね。じゃあ長女ですか？　私もです」

「ふふ、一緒ね」

瀬川さんのご実家は、英国風のお屋敷みたいなんじゃないだろうかと妄想する。ものすごくお嬢様っぽい人だから、という勝手な理由のみで。

「ねぇ、社内恋愛してるって彼とは順調？　上司として、恋人して……その辺り難しいって言っていたけれど」

「あ、はい。でもこの前、瀬川さんに切り替えのコツを伝授して頂いてから、仕事中に意識することが少なくなりました」

瀬川さんには、職場の上司とお付き合いしていることを話してある。

恋人はいるの？　と聞かれて、あたふたしてしまい白状《はくじょう》させられたのだ。と言っても、とても上品な追及だったが。

彼女も過去に職場の人とお付き合いしていたことがあるそうで、つまりは職場恋愛の先輩だ。私が求めていた存在。最近、美咲とはなかなか時間が合わずゆっくり話をしていなかったことも相まってか、ここぞとばかりに瀬川さんに尋ねまくってしまった。オンオフの切り替えのコツも、そのうちのひとつだ。

「お付き合いして、どのくらいなんだっけ？」

「んー……三か月と少しくらいです」

「そう。じゃあ、まだ付き合い始めたばかりね。上司っていうのは聞いているけれど、どんな人？」

その質問には、返答するのが難しい。

上司としては神様。完璧で欠点なんてひとつもない。とても尊敬している人だ。

では、恋人としての彼は、いつもすごく優しくて、甘やかしてもらっていると感じることが多い。大人の男性だなぁと、こっそりドキドキしてしまうことも多々ある。

生活面ではかなり抜けていて、でもそのギャップがかわいいとか思ってしまう。時折驚くほど小さなことでヤキモチを焼いてくれたりもする。そういうときは正直子供みたい。

そして性的には紛《まご》うことなきど変態だ。Sっ気強めの。

昨日散々いじられたせいで体中ひりひりしているし、縛られていた手首は少し赤みが残ったままである。

「瑠璃ちゃん？」

「あ、はいっ」

羽角さんのことを考えたら、余計なことまで思い返してしまった。顔が熱い。

「どんな人、どんな人……。えー……あの、上司としては完璧な人です。あの方が作るものは、どれもとっても眩《まぶ》しくて、本当に尊敬しています。私の神様みたいな人です」

「そうなの。なら、恋人としても、とっても素敵な人なのね？」

「素敵……？　う、うーん……」

「……違うの？」

「恋人としてはちょっと……いや、けっこう変……あ、違う違う、変じゃなくて変わってる人、です」

遠からず正しい表現のような気がするが、自分だって変態の癖に何様、と項垂《うなだ》れてしまう。

「変……？　どこがどう変なの？」

彼女が珍しく硬い表情で追及してくる。

私が口にした〝変〟は変態の〝変〟なのだが、まさかそれを説明するわけにもいかず、――中途半端に口を滑らせてしまったことを悔《く》やみつつ、

「細かなところが、いろいろと」

と、なんとなくごまかしてみた。羽角さん、すみません。

二時間と少し話をして、七時前には店を出た。そのタイミングで、私のスマホが震《ふる》える。羽角さんからの着信だった。

「瑠璃ちゃん、気にしないで出て」

「すみません」

恐縮しながら画面をタップする。髪を耳にかけて「もしもし」と電話の向こうの彼に呼びかけた。

『食事中にごめんね。今、少しいいかな』

「あ、はい。大丈夫です」

『実は、これからちょっと出なきゃいけなくなって。そんなに時間はかからないから、帰りは予定通りこっちに戻ってきて。なるべく早く帰るから、待っててもらってもいいかな』

年末年始の休みの間は、私もできるだけ羽角さんの家で過ごすという話になっている。彼がそう望んでくれたからだ。今年はもともと帰省する予定ではなかったし、彼も同じらしい。

とはいえ羽角さんに用ができたのであれば、その限りではない。

帰りの時間を気遣わせるのも悪いし、今夜はアパートへ帰るべきだろう。

『うちの鍵は持って出てるよね？』

ここへ来る前に渡された彼の部屋の合い鍵。

瑠璃のだからずっと持ってて、と渡されたときはとても嬉しかったけれど、同時になくしたりしないように気をつけなきゃと、ちょっと緊張もした。

財布の中の黒いカードキーを思い浮かべながら「持っています」と返事をする。

『よかった。じゃあ、部屋で待っててね』

「いえ、いいですいいです。今夜はこのまま帰ります」

『え、やだよ』

即答されて「ん？」と首を傾《かし》げてしまう。

「あの、明日またお邪魔させてもらいますから。気にしないで下さい。私も帰って用事を済ませて、そのあとに……」

『用事ってなに？』

珍しく話を遮《さえぎ》られた。その声は平坦だ。

「掃除とか。あと掃除とか、掃除とかです」

ははっ、とご機嫌な笑い声が弾《はじ》ける。何秒か前と、えらい違いだ。

『掃除ね。俺も一緒にやりたいな』

「え……、遠慮します。余計に散らかる未来しか見えませんので」

『いやー、やる気になったらできると思うよ』

掃除にやる気を出す羽角さん……？　無理だ、想像もできない。

『あ、じゃあ、うちでお願いしてるハウスキーパーと一緒に瑠璃の家へ行くよ。できるのかな、そんなこと。確認してみ……』

「よして、ほんとにやめて下さい。絶対来ないで！」

彼はすでに一度うちに来たことがあって我が家の状況を知っているが、ハウスキーパーさんにまで知られるのは嫌だ。漫画の雪崩《なだれ》が起こっているし、壁には手製の神少女漫画相関図が貼ってあるから。こそこそ剥《は》がすのも貼り直すのも精神的に切ないから絶対に嫌だ。

羽角さんは『よく描けてるなぁ……』って呟《つぶや》いたあと、謎のレイアウトアドバイスをくれただけだったけど、他の人は失笑するか引くに決まってる。

絶対にわざとだ。

『じゃあ今夜はうちに帰ってきてね』

至極楽しそうに、煌《きら》めくような声色で言われて渋々頷いた。

わかっていてその前のふざけた発言をしたとしか思えない。

『それじゃ、またあとで』

「はーい……」

不貞腐《ふてくさ》れた返事をして通話を終了する。表示された通話時間は一分だった。体感として、もっと長く話した気分だ。

「瀬川さん、すみませんでした」

「ううん。恋人から?」

「あ……は、はい。そうです」

最寄《もよ》りの駅まで話をしながら移動していると、瀬川さんが「その指輪、とっても素敵ね」と褒《ほ》めてくれる。羽角さんにもらった指輪だ。

「青い石が瑠璃ちゃんにとっても似合ってるわ。どこのブランドのもの?」

「ありがとうございます……。あの、頂いた物なのでよくわからず……」

「あ、そっか。左手の薬指だものね。もしかして……プロポーズされてるの!?」

落ち着いた雰囲気の彼女のテンションが、ちょっぴり上がる。時折こういう瞬間が訪れるが、見ていてとてもかわいい。不思議な魅力に溢《あふ》れた女性だな。かわいいも綺麗《きれい》も両方持っていて本当に素敵。

「まぁ、あの……そ、そんな感じです……」

羽角さんの話には、いちいち照れて歯切れが悪くなってしまう。感じが悪くないだろうか。大丈夫かな。

「あら……っ」

瀬川さんが両手で口を覆《おお》う。

隠れていない目元は、いつもと変わらず綺麗《きれい》だ。

手の下でどんな表情をしているのかよくわからないけれど、どっちにしても綺麗《きれい》なことに変わりないだろう。

「じゃあ瑠璃ちゃん、結婚するつもりなのね……？」

曖昧《あいまい》に笑って見せると、瀬川さんの目元がぴくりと歪《ゆが》む。

「あ、と。そのー……、考えさせてもらっているところです」

「そうなの……。結婚したくない、乗り気じゃないってこと……？」

「うーん……、そういうわけでは……」

結婚したくないなんて思ってない。

乗り気じゃないという表現も正しくない気がする。

でも――乗り気じゃない。今の私は、客観的にそういう風に見えるのかもしれない。

こんなに羽角さんのことを愛しいと思うのに、どうして戸惑《とまど》う自分がいるのか、なにが引っ掛かっているのか、それがよくわからないから考えている。

それは乗り気じゃないのとは違うんだというのが私の言い分だが、はたから見ればただのわがままだろう。

そして急に、羽角さんにも同じ風に思われていたら嫌だな、と足が竦《すく》んだ。

結婚したくないなんて思ってない。でも、私はそれを言葉できちんと彼に伝えていないのだから。

「私でよかったら、いつでも話を聞くわ」

私の背に手を添えて、瀬川さんが言ってくれた。

「ありがとうございます」とお辞儀をすると、彼女がいつもつけている香水が漂《ただよ》った。

ふんわりといい香り。ローズ系の甘い匂いがした。

瀬川さんと別れて彼の家へ戻り、羽角さんが帰ってくるのを待って、私は結婚に対する自分の気持ちを伝えた。

言い訳みたいで嫌だったけれど、ちゃんと言わないよりはマシだと思ったから。

そんな私に、羽角さんは「ありがとう」と言った。

「わかってるよ、結婚したくないって思ってたら、瑠璃はちゃんとそう言ってくれるだろうから」

「あの私、羽角さんのことが本当に好きで……その、好きなんです」

羽角さんのことが好き。愛しいと思っている、それはわかって欲しい。

わがままな願望を胸の内に浮かべながら、しかし、私は気づいてしまった。

自分が今、先日読んだ少女漫画の優柔不断《ゆうじゅうふだん》な登場人物と同じことをしていると。

こんなの『お前のこと好きだけど、付き合うのは考えさせて』とはぐらかしまくっていたヒーローと全く同じじゃないか。

私はそのヒーローに対して、好きならなんで付き合わないんだよっ、せめて理由述べなよ理由、はっきりしたらいいのに！　と、ぷりぷり憤《いきどお》っていたというのに……

一緒だ。完全一致。心底落ち込んだ。

「嬉しいな。もっと言って」

なのに羽角さんは、私を優しく抱きしめて嬉しいと笑ってくれる。

私はその夜、心の中の愛情をできうる限り言葉にして伝えた。

羽角さんが好きだと、何度も。

12

年末年始の休みは、羽角さんと二人でいろいろなところへ行った。

彼の案内で展示会や展覧会巡りをしたり、洋服の買い物をしたり。
その他、羽角さんは時間のあるときに遺跡巡りをするのが趣味だそうだ。次の長期連休は沖縄《おきなわ》の海底遺跡を一緒に見に行こうと約束した。

なんでも、初心者でも体験ダイビングで遺跡まで行けるそうなのだ。それを聞いて胸が躍《おど》った。海底遺跡、なんてロマン溢《あふ》れる響き。ぜひ行きたい。羽角さんと一緒に。

そして私は、お気に入りのカフェや散歩道を案内した。

それから初めて、彼と漫画喫茶にも行った。これだけは自信があるんです、と漫画喫茶でソフトクリームを綺麗《きれい》に巻いてみせるなんてしょうもないことをしても、彼はずっと楽しそうで、だから私もとても楽しかった。

羽角さんの好きな場所を知れたことも嬉しかったたし、私の好きな場所を知ってもらえたことも。楽しい時間を共有してたくさん話して、本当にいい連休だった。

年始、事務所の仕事は少し落ち着いたけれど、私は仮眠室に泊まり込むことが増えた。

今年の繁忙期《はんぼうき》には事務所の戦力になれるよう、今のうちにどんどん仕事をさせてもらって必ずスキルアップする。栄養ドリンクを箱買いして血眼《ちまなこ》になり働いた。

そして一月も二十日を過ぎた、とある日のことだ。

寝不足続きでどうにも集中力が続かず、冷たいタオルでがしがし顔を擦《こす》っていると、社長からノー残業デーのお達しが出た。

「水原、お前も今日は帰れよ。俺また夜戻ってくるから、万が一そのときにいたら追い出すぞ」

顔を擦るのをやめ、タオルを畳《たた》んで了承《りょうしょう》の返事をする。

そんな私を見た社長が、なぜか微妙な顔をした。

「なにやってんだ、お前」

「ちょっと眠気覚ましを、ですね」

「その顔の拭き方はやめとけ。肌傷《いた》むから……」

美意識の高い社長の言葉に深く頷き、呆《あき》れ顔で去っていくその背を見送る。

隣のデスクの椎名さんが不思議そうにこちらを見ていたので、「美意識よりデザイナーとして目覚めたかったんです」と緊張しつつ冗談を言ってみた。

「あ……ごめん、なんか……いつもクールビューティーな水原さんが居酒屋のおっさんにしか見えなくて、ちょっと戸惑《とまど》った」

ぽつりと呟《つぶや》いたのは彼女の本音だろう。居酒屋でおじさまがおしぼりで顔ごしごしするみたいな拭き方してましたか、私。

それはそうとして、クールビューティーという言葉に、あいたたたと胸を押さえたくなる。

ビューティーはお世辞《せじ》にしても、クールの印象は払拭《ふっしょく》したい。

私が必要最低限しか話さないから、いつまでもそのイメージのままなんだ。転職して何か月たったんだ、いい加減にしろ、と自分を鼓舞《こぶ》する。

「あ、あの、今日もみなさんで飲みにいくんですか？」

「うん、そうなると思うよ」

「わ、私、今日は帰って泥のように寝ようと思うんですが、次回はぜひご一緒させて下さいっ」

「え……、水原さんさえよければ、もちろん」

「ありがとうございます！」

顔を強張《こわば》らせずに言えた……はずだ。今すぐ鏡で確認したい気分だった。

「水原さんって……お酒苦手とか、みんなで騒ぐの苦手とか……そういうのない？」

「え……？　あ、お酒は普段あまり飲まないんですけど、飲むときはたくさん飲みます。好きです」

「え、そうなの？」

そこから十分程度だが、椎名さんと話をすることができた。

普段酒を控えている理由は、容量に限りのある胃袋のほとんどを大好きな米で満たしたいからだと話したら、そういえばいつもかなり大きめのおにぎりをお弁当に持ってきてるよね、と笑われてしまった。

誰も見ていないと思ったのに意外と見られているものである。

「じゃあ次のノー残業デーは一緒に飲もう」

にかっと笑ってくれた椎名さんに精一杯明るく頷いて、事務所を出る。

バッグからスマホを取り出し、美咲に電話をした。

繋がってすぐ、隣のデスクの女性と世間話をできたと報告する。

「話せたっ、話せた！」

『……酒より米派だって話すまで七か月かかったの？』

美咲はかなり呆《あき》れていたが『よかったね』と笑って言ってくれた。今度祝杯あげよう、とも。

そのどちらにも頷き、聞いてくれてありがとうと叫びつつ電話を切る。

時刻は午後七度十分前。こんな時間に帰宅するのは久しぶりだ。

駅までの道をぶらぶらと歩いていると、先日羽角さんが案内してくれた路面店が目に留まった。セレクトショップだ。

——ちょっと、覗《のぞ》いて行こうかな。いつもいつも、羽角さんにはもらってばかりで、なにも返せていないし……似合うものなにかあるかなぁ。

唐突に思い立って、信号を渡り店の中へと足を進める。洋服はもちろんインテリアのコーナーも隅々まで見て回る。

店の中にはオシャレな男性店員がたくさんいたけれど、あからさまな接客をされることもなくゆっくり選べてほっとした。

悩みに悩んで、ベルトを一本とペンダントライトを二つ購入した。以前、彼とここへ来たときに『あのソファに合うボール型のペンダントライトが欲しい』と言っていたのを思い出したのだ。ベルトは似合いそうだと思うものを選んだが、果たして気に入ってもらえるだろうか。

照明もベルトも宅配してもらうことにし、指定の配送先を記入する前に彼へ電話をかけた。

送っても大丈夫でしょうか、と購入品について説明すると、恐縮してしまうほどに喜んでくれるから、こちらまで嬉しくなる。

彼は今夜、社長と共に打ち合わせという名の接待へ出向いているらしい。デザイン以外にもやるべき仕事がたくさんあって本当に大変そう。頭の下がる思いだ。

『帰ったらまた連絡するね』という優しい声に頷いて、電話を切った。

それから店員さんに発送のお願いをし、帰宅して就寝の準備をする。

すると、ベッドに入ったタイミングでスマホが振動した。羽角さんからだろうかと、いそいそ画面をタップしてみると——

「あっ、瀬川さん！」

メッセージの送信者は羽角さんではなく、年末に会って以来の瀬川さんだった。

内容は、ごはんのお誘いだった。すぐに日にち相談の返事をすると、急ではあるが明日会おうという話になる。

今日ノー残業デーだったということは、つまり近いうちに仕事が忙しくなる。この数日で会えなければ、しばらくは機会を作れないだろう。了承《りょうしょう》してアプリを落とした。

そして翌日。

私が眠ったあとに届いていた羽角さんからのメッセージに返事をして、出勤する。

明日からまた泊まり込みに入ることを想定し、できる限りの仕事を進めていると、隣のデスクの椎名さんが珍しく話しかけてきてくれた。内容は他愛のないものだ。今日も大きいおにぎり食べた？　とか、そういう大したことのない話。

けれど昨日までの私には、その大したことのない話を彼女と気軽にできなかった。

緊張はするけれど話してみようと思えたのは、瀬川さんと仲良くなれたことがかなり大きいように思う。出会いに感謝だなぁなんて呑気《のんき》に考えながら、夕方、瀬川さんとの待ち合わせ場所へ向かった。

人でごった返す駅のコンコースに到着し、彼女を探すべくきょろきょろと辺りを見回す。

すると、うしろから声をかけられた。

「瑠璃ちゃん？」

びくっと肩が揺れてしまう。そっと背後を窺《うかが》った。

なぜなら、その声が明らかに私の待ち人のものとは違う、男性の声だったからだ。

私のことを「瑠璃ちゃん」と呼ぶ知り合いの男性は一人もいない。恐る恐るそちらを振り向くと、そこにはやはり知らない茶髪の男性が立っていた。

「瑠璃ちゃんだよね？　よかったー、すぐ会えて」

「ど、どちら様ですか」

「あれ、聞いてない？　今日は瀬川さんと三人でご飯を食べにいこうって話になってるんだけど」

「えっ!?」

周囲のざわめきに負けないくらいの大声を出してしまった。

慌てて昨日のメッセージを確認してみるも、そういった記述はない。

「あ、あの……どうして三人でという話になっているんでしょうか」

「さあー？　俺は瀬川さんに言われて来ただけだから」

肝心《かんじん》の瀬川さんはまだ来ていない。不安になって電話をしてみるも繋がらず、メッセージを送っても既読にならない。

「せ、瀬川さんと連絡とれますか？」

「瑠璃ちゃんがかけて出ないんでしょ？　じゃあ俺がかけたって出ないよ。なにか急用でもできたんじゃない？」

男性は前髪に触れながら事もなげに言うが、本当にそうだろうか。

彼女は一度だって約束の時間に遅れたことはないし、そういう状況になったら連絡をくれる人であるはずだ。

連絡をできないほど緊急の事態になっているとしたら……そう考えると心配で仕方ない。

「せっかくだから二人で食事に行こうよ。店の予約もしてあるって聞いてるしさ。場所もわかってるから」

もう一度電話をかけてみる。コールは鳴るが彼女は出ない。メッセージの返信もない。

「瀬川さん、もしかしたら事故とかに巻き込まれてるんじゃ……」

スマホを握りしめながらほとんど半泣き状態で私が呟《つぶや》くと、男性は盛大に噴き出した。

まるで小馬鹿にしているように。

「ははは！　発想、そこまで飛んじゃう？　きっとなにか用事があって遅れてるだけだよ。あとから来るって」

「でも……」

とてもそうとは思えなかった。

この男性は、どうして瀬川さんが心配じゃないのか、逆に疑問だ。

「ほら、行ってようよ。俺、浅川《あさかわ》。よろしくね」

満面の笑みでこちらを覗《のぞ》き込んでくる彼に、申し訳ないが名乗る気にもなれない。だって、どう考えてもおかしい。

「……すみません、私はこれで失礼します」

なにかが起きて彼女が来られないのだとしたら、ここにいても仕方ない。待ち合わせにただ遅れているだけなら、そのうち連絡が来るだろう。そのときに、今日は帰ったと説明すればいい。

「そんなつれないこと言わないでさ。行こうよ。瑠璃ちゃんが帰っちゃったら、俺ぼっちじゃん。寂しいよ」

ぐいと腰を抱かれて、その男性と物理的な距離が縮まる。体中に鳥肌がたった。信じられない速さで嫌悪《けんお》感が全身に広がっていく。無言でその人の胸の辺りを押し、距離を取った。

信じられない。

なんて信用のならない人なんだろう。

彼が瀬川さんの知り合いであることは確からしいが、この人と二人で行動するなんて御免《ごめん》だ。

彼女に失礼にあたるのでは、と一抹《いちまつ》の不安がよぎったが、それもきちんと説明してわかってもらおうと思い直す。だって彼女は、私に恋人がいることを知っている。

「やっぱり瀬川さんが心配なので、私は彼女からの連絡を待ってみます。では」

即座にくるりと向きを変え、走り出した。

「ちょっと、待ってよ！」

男性の声はしばらく付いてきたけれど、人の間を縫《ぬ》うようにして走っているうちに聞こえなくなった。それでも脇目もふらず足を動かし続ける。あの人に、えも言われぬ恐怖を覚えていた。

しばらくしてさすがに息が続かなくなり立ち止まって、項垂《うなだ》れる。

ふと顔を上げると、都道を走っている空車のタクシーが目に入った。

慌てて腕を伸ばし合図し、タクシーのドアが開いたと同時に飛び乗った。

アパートの最寄《もよ》り駅まで行ってくれるようお願いし、もう一度瀬川さんに電話をする。やはりコールが鳴り響くだけだ。

胸の底から、もうもうとした不安の煙みたいなものが立ち込めてくる。

じっとしていても無意味に足を揺らしてみても、それが消えることはない。

瀬川さんとは共通の友人が一人としておらず、知っているのは電話番号だけ。

彼女との素敵な出会いに改めて感謝の念を抱いたその日に、細い細い糸のような繋がりであることを思い知った。

家に戻ってからも落ち着かず、ずっとスマホを手に持ったまま心配のため息ばかり吐いてしまう。

どうしようもなくて、羽角さんの声が聞きたくなり電話をしてみた。けれど留守番サービスに転送になった。今夜はそれほど遅くならないうちに家へ帰っているはずだが、彼も連日忙しいのでもう眠っているのかもしれない。時計を見ると、午前零時を過ぎていた。

その日は深夜までスマホを握りしめていた。しかし、彼女からの連絡はなかった。

13

翌日。午前八時、仕事へ行く準備を整えていると、羽角さんから着信が入った。

『瑠璃？　昨日電話をくれてたのにごめんね、帰ってきてそのまま寝ちゃって』

柔《やわ》らかい声が耳に届き、目に涙の膜《まく》が張る。鼻を啜《すす》ってしまった。

彼が『どうした？』と心配そうに問いかけてくる。

「羽角さん……」

『うん？　なにかあった？』

と、その瞬間、羽角さんの声に交じってピピッと低い電子音が響く。

聞き慣れない音に驚きスマホの画面を見ると、キャッチが入っていた。瀬川さんだ。

「あっ、は、羽角さんっ、すみませんキャッチが……！　あとでかけ直します！」

『うん、わかったよ』

「すみません！」

慌ててキャッチを取る。胸の中に充満していた不安を蹴散《けち》らしながら「もしもしっ」と声を張った。

『あ、瑠璃ちゃん。昨日は本当にごめんなさい』

「瀬川さん……っ、ああ、よかった、連絡をくれてありがとうございます！」

混乱させてしまったでしょう、とたおやかな声が聞こえる。

心配のほうが格段に大きかったので、それより彼女自身になにが起こったのか問うてみた。

『昨夜は仕事で予想外のアクシデントが起こって、どうしても抜けられなくなってしまったの。連絡できるタイミングもなくて』

「そうだったんですか。大変でしたね、お疲れ様です」

『……ありがとう。それと、浅川くん……昨日待ち合わせ場所にいた男の子ね。私の知り合いなんだけど、瑠璃ちゃんに紹介したくて内緒で呼んだの。驚かせようと思って……でも、肝心《かんじん》の私がいないんじゃ、驚くどころかただ混乱させちゃったわよね。本当にごめんなさい』

理由の説明を終えたあとも、何度も何度も謝罪が続く。

なんの意図があってあの男性を私に紹介しようとしていたのか——それがわからないことは多少引っ掛かったが、ひたすら謝罪を繰り返されることに恐縮して、もういいですから、大丈夫ですから、と彼女を宥《なだ》めた。

『昨日のお詫《わ》びに、ぜひご馳走《ちそう》させて欲しいの。とびきりのお店を予約するわ』

「そんな、いいですいいです。気にしないで下さい。本当に大丈夫ですから」

『でも、どうしてもお詫《わ》びしたいのよ。それとも……私とはもう会いたくない……？』

「えっ！　まさかっ、そんなことありません！」

震《ふる》える声に驚愕《きょうがく》して、盛大に首を横に振った。

会いたくないだなんて、そう思わせてしまう言い方をしたかもしれないことにあたふたする。

『よかった……。じゃあ、瑠璃ちゃんの都合のいい日を教えてもらえるかしら？』

結局、瀬川さんと次の約束をして電話を切った。次というか、今夜会う約束をして。

「わぁあ……!?　だっ、まずいっ、遅刻する！」

時計の針を確認し、ばたばたと部屋の中を走り回る。

朝食がまだだったので、炊飯器の中の白米を豪快にラップで巻いた。

電車に乗るまでに巨大おにぎりを食べきり、すぐさま羽角さんにメッセージを送る。

『さっきはすみませんでした。ちょっと心配事があったんですが、無事に解決しました。またゆっくり説明させて下さい』

羽角さんからは、『大丈夫だよ。心配事が解消したならよかった。今日も早く帰れそうだから、また電話するね』と返ってきた。


そしてその夜、私が待ち合わせの場所に着いたとき、瀬川さんはロングコートの襟《えり》を直しながらスマホを覗《のぞ》き込んでいた。

私を見つけてすぐ、優雅《ゆうが》に手を振ってくれる。

「瑠璃ちゃん。昨日は本当にごめんなさい」

いいんですいいんです、と繰り返し、今夜は会えてよかったと、ほっと胸を撫《な》で下ろした。

瀬川さんが案内してくれたお店は、これまで一緒に訪れたどのレストランとも違った。

例えるならば、いつも羽角さんが連れていってくれるようなお店。

高級感の漂《ただよ》う立派な店内は席数もそれほど多くなく、みなさん上品に食事を楽しんでいる。

「ワインは私がチョイスさせてもらったの。気に入ってもらえるといいんだけど」

ドキドキしながらワイングラスを持ち、こくりと飲み込む。

爽《さわ》やかな香りが鼻を通り過ぎ、芳醇《ほうじゅん》な甘みが口の中に広がる。

手頃な値段のワインを好む私には、味が大人すぎて肩に力が入った。おいしすぎて飲み込んでしまうのが勿体《もったい》ないと感じるほど。

「すっっごくおいしいです……」

「よかった。瑠璃ちゃん、お酒強いのよね？　楽しんで飲んでちょうだい」

こんなに素敵なお店をわざわざ予約してくれるなんて、有り難《がた》いけれど心底申し訳ない。なにせ今夜は奢《おご》って頂くことになっているのだから。

「……あのね。昨日の男の子のことなんだけど」

食事を終えてしばらくした頃、瀬川さんが昨日の話題に触れた。

「紹介したいって、言ったでしょう？」

「あ、はい。あの、どうしてあの男性を私に……？」

私ができた推察は、もしかしたらあの人も大の少女漫画好きなのかな、ということくらいだった。とてもそうは見えなかったが、人は見た目ではわからないものだ。

私がクールだの落ち着いているだのと、容姿で判断されるように。

ただ、申し訳ないが、昨日少しだけ話した印象では、とても仲良くなれそうにないけれど。

「瑠璃ちゃんには、ああいう子が合うんじゃないかと思って」

女神のように美しい微笑《ほほえ》みをたたえて、彼女が口を開いた。

「瑠璃ちゃんに恋人がいることはわかってるのよ。でも瑠璃ちゃん、恋人のことをあまりよく思っていないようだし……ほら、彼のこと、変だって言ってたじゃない。私と一緒にいて電話がかかってきたときも、絶対に来ないで、なんて。それに結婚にも乗り気じゃないでしょう。だからもっとあなたに合う、他の男性との出会いがあってもいいんじゃないかと思ったの」

あまりにも唖然《あぜん》としてしまい、瞬《まばた》きを忘れてまじまじと彼女を見つめてしまう。

頭が痺《しび》れてうまく思考できない。

瀬川さんは一体、なにを言っているのだろう。

「昨日は少ししか話していないみたいだけど、どうだった？」

善意で、言っているのだろうか。

本気でそんなことを、善意で言う？

わからなくて頬が強張《こわば》る。ほどよく暖房のきいた室内で、背筋がすうっと冷たくなっていく。

「あの……。す、みません……、私の言い方が悪かったんだと、思うんですけど」

震《ふる》える唇を舐《な》めて、大きく息を吐いた。

「ほ、他の男性との出会いなんて……私、望んでいません。恥《は》ずかしくて、ごまかしたりしてしまったけれど……私本当に、お付き合いしている方のことをとても好きなんです」

たったそれだけ言うのに、体中の酸素を使ってしまったような心地だ。

喉の辺りが、苦しくてしょうがない。

「そう……、そうなの」

瀬川さんの綺麗《きれい》な顔から表情が消えた。辺りが凍《こお》るような声、なんの感情も見えない人形みたいな目。私の肩はどんどん縮こまっていく。

「でもね、瑠璃ちゃん」

ふふ、と彼女があからさまに微笑《ほほえ》む。

上品に、まるで羽角さんがするみたいな笑い方で。

一瞬前の彼女との違いに戸惑《とまど》い、頭の中には大きな混乱の渦《うず》が巻く。昨夜とは比べ物にならないほどの大きな渦《うず》が。

「あなたとあなたの恋人は、どうしても似合っていないような気がしてならないの。瑠璃ちゃんには瑠璃ちゃんにもっと合う人がいるだろうし、それにほら、あなたの恋人にも、瑠璃ちゃんよりふさわしい女性がいるかもしれないわ」

「……え？　私、より……」

「あら……、考えたことはない？　あなたの恋人に、自分よりふさわしい女性がいるかもしれないって」

ガン、と後頭部を殴られたかのようなショックが走った。

羽角さんと私は似合っていない。羽角さんと私は合わない。

羽角さんには、私より合う女性が――

彼女にとっては善意から発した気遣いだったのかもしれないけれど、とてもそうは思えない。私の話したほんの少しの情報で、どうしてそんなことが言えるのだろう。

ぎゅっと唇を噛《か》んで、彼女から視線を逸《そ》らす。

「そんな状態でお付き合いしていたって……ましてや結婚なんて、瑠璃ちゃんも恋人も不幸になるだけよ。心配なの。考え直すべきよ」

まるで、女神に地獄行きを宣告されたみたいだ。

なんでそんなにはっきりと断言できる？

どうして、そこまで私と彼の未来を憂《うれ》えているのだろう。

「ね、少しだけ心にゆとりを持って、他の人も見てみるといいわ。実はね、紹介したい男性を呼んでいるの。昨夜とはまた違う……あ、ちょうどいいところに来た。こっちよ」

彼女が手を振った先には、本当に昨日とは別の男性がいた。

「あ、の、瀬川さんが、心配してくれているのはわかりました、でも、私は自分の恋人に対して不誠実なことはしたくないです」

「不誠実なんて、大袈裟《おおげさ》よ。ちょっと食事をしてフィーリングが合うか確かめるだけ。なにも問題ないわ。瑠璃ちゃんはまだ若いのだから、いろいろな人を見なきゃ」

彼女に呼ばれて来たのであろう男性が、同じテーブルに着席する。

瀬川さんの行動が理解できない。

瀬川さんは、こんな人だった？　こんなことをする人だったろうか。

私が仲良くなった彼女の――私が彼女に持っていたイメージが、がらがらと音を立てて崩壊していく。

けれどそのイメージすら、結局は私が勝手な思い込みで作っていたものなのだろう。残ったのは大きな違和感だけだ。

私は彼女の、なにを知った気になっていたのか。

「私、帰ります。ごめんなさい」

コートとバッグを掴《つか》んで、彼女の顔も見ずに店を出た。

待って、という声が聞こえたけれど足を止めなかった。

そのまま大通りに出てタクシーを拾う。昨夜と同じことをしている自分に、ちょっと笑えてくる。

「お客さん？　どこに行きます？」

「あ……、すみません」

少しだけ考えて、羽角さんのマンションの場所を伝えた。

羽角さんに会いたい。顔が見たい。声が聞きたい。

ぐるぐると、それだけを考えて車の振動に身を任せた。

タクシーを降り、マンションの自動ドアをくぐって豪華なエントランスに入る。

オートロックシステムに部屋番号を入力し、呼び出しのボタンを押した。

応答してくれた羽角さんは突然の来訪に驚いたのか、珍しく声が上擦《うわず》っていた。

エレベーターに乗って目的の階へ向かう。彼はわざわざ家から出てきて、エレベーターホールで私を出迎えてくれた。

「瑠璃、どうしたの？　なにかあった？」

泣きそうな私を見て、彼が目を見張った。

喉が詰まる。胸が熱くて、痛い。無言で彼の服の裾《すそ》を掴《つか》み、額《ひたい》を胸元に押し当てる。

「……おいで」

部屋の中に入り、玄関の鍵がかかったと同時に羽角さんに飛びついた。

彼はなにも言わずに私を抱きしめて、ゆっくり髪を撫《な》でてくれる。その体温が心地よい。

彼がここにいること、彼に触れられること、それから羽角さんがいるこの部屋の空気も、なにもかもに安心して細い息を吐いた。

「……連絡もせずに来て、ごめんなさい」

「いいんだよ。俺がいないときにだって、好きに来て」

鍵を渡したでしょう、そういう意味だよ、と言われて、やっと合い鍵の存在を思い出した。

そっか、あれでオートロックを解除して、ここまで来ればよかったんだ。ちっとも思いつかなかった。

「今日は、ごはんを食べにいったんだよね？　なにかあった……？」

「……っ、はい」

堰《せき》を切ったように熱いものが込み上げてきて、みっともなくぼたぼたと涙を零《こぼ》した。

泣きながら、ひしゃげた声で昨日と今日の出来事を説明する。

もとはと言えば、私の言い方が悪かったんだと思う。

彼に関する話になると必要以上に照れてしまって感じが悪かっただろうし、歯切れも悪かったはずだ。だから瀬川さんに誤解を与えてしまった。全部承知の上で、それでも悲しかった。

事前になんの話もなく男性を紹介されたことが嫌だった。そしてなにより――

「あ、あなたの恋人にも、瑠璃ちゃんよりふさわしい女性がいるかもしれないって言われたとき、つまり、自分は羽角さんにふわしくないんだって思って、すごくショックだったんです。それが、悲しくて……」

「……そっか。俺は実際に彼女の言葉を聞いていないから、断言はできないけど。わざわざ他の男を二度も瑠璃に会わせようとしたって状況を考えると、彼女は多分、瑠璃には俺よりもっと合う人がいる、ということを言いたかったんじゃないかと思う。その上で、俺にだって瑠璃以外にふさわしい女性がいるんじゃないか、という可能性の話をしたんだと思うよ。けど瑠璃は彼女の話を聞いて、その意味をわかった上で、自分が俺にふさわしくないんだって、思ったってことだよね……？」

彼が眉根を寄せて尋ねてくる。

そうです、と頷くと、優しく髪を撫《な》でてくれる。

だってどう考えても彼に釣り合っていないのは私のほうだ。

幸いにも、事務所内では誰にもなにも言われないけれど、外に出たら、仕事関係の人たちが、羽角さんが私と付き合っていることを噂しているのは知っている。

彼女たちが、あんな女、彼にふさわしくないと言っているのも、気にしないようにはしていたけれどわかっていた。

それは多分、私自身が心のどこかで感じていたことで、そのことが引っ掛かっていたからこそ瀬川さんの言葉に敏感《びんかん》に反応してしまったんだと思う。

「すみません、わかりにくくて面倒な思考で……」

「そう？　今回はだいたいわかったよ。それに、わかりにくいくらいのほうが楽しくていいけど」

単純明快なんてつまらない、複雑に捩《よじ》れているのがいいんじゃないか。俺は瑠璃のそういうところも好きだよ、と。

羽角さんは嬉しそうに言う。

「……羽角さんが好きだって言ってくれるところは、常々直したいと思ってる……自分では嫌いなところばっかりな気がします……」

「そうなんだ。じゃあ、瑠璃が好きになれない代わりに俺がずっと好きでいるよ」

「もう、そんなこと言われるとまた泣く……っ」

拭《ぬぐ》っても拭《ぬぐ》っても涙が溢《あふ》れてくる。ぐちゃぐちゃになった心に、彼の言葉が沁《し》み込んでいくから泣けてたまらない。

「瑠璃は、彼女の言葉に傷ついたんだよね。でも、ふさわしいとかふさわしくないなんて線引き、俺は不要だと思う。瑠璃はどう？　もしかして、その人から言われる前にもう、そういうことを感じてた？」

不要だときっぱり言い切られて、泣きながら視線をうろうろさせてしまう。

「ごめんなさい……」

「なんで謝るの？」

よしよしとまた頭を撫《な》でられて、泣きっぱなしの顔中にキスが降る。

「ちょ、ちょっと、話が変わってもいいですか」

「いいよ、なに？」

「今話してて気づいてしまったんですが、その……結婚のこと……。私が結婚について引っ掛かってる部分って、きっとそこなんだなって」

「結婚の？」

「あ、はい。どうして戸惑《とまど》っていたのかっていう部分。私なんかが羽角さんと結婚、って、思ってしまっていたんだなって……」

左手を持ち上げて、銀色の指輪を見つめる。

これをもらってから、ずっと考えていた。

こんなに彼のことを好きなのに、どうして結婚に戸惑《とまど》っているんだろうって。

なんと皮肉にも、今回のことでその答えが出た。いいのか悪いのかわからない上に、結局はしょうもない下を向いた思考だったわけだけれど。

しゃくりあげてしまいそうになるのを、なんとか堪《こら》えながら口を開く。

下手くそでもなんでも、思っていることをきちんと彼に伝えないと。

強い気持ちを持って、左手で拳《こぶし》を握る。

「私、羽角さんのことをずっと尊敬してて、遠い遠い雲の上の人だと思ってました。私とは違う世界に住んでいる、すごい人だって。でも、付箋《ふせん》のことがあってから……プライベートの羽角さんの顔をちょっとずつ知って。それで、あ、羽角さんも私と同じ人間なんだなって、思ったというか。それから一人の男性として羽角さんを好きになり、一緒に時間を過ごすようになってからは好きになる一方で。でも……ふと我に返るというか、現実を見る……あの、それは仕事とかで、なんですけど」

「大丈夫、瑠璃の言いたいことは、ちゃんと伝わってるよ」

続きを教えてと言いながら、彼が指先で目尻の涙を拭いてくれる。

「そういうときにふと、ああやっぱり羽角さんはすごいな、って思う瞬間が……本当にいっぱいあって。で、多分同時に、考えないようにはしてたんですけど〝私なんか〟というような思考を……してしまっていたんだと……思われます。すみません……」

下ばかり見て、自分のことなのに曖昧《あいまい》で。

根は単純な癖に、うじうじ考えるから小さな問題でも大きな壁にしてしまう。

わかりにくくて面倒で、臆病《おくびょう》。つくづく嫌になる。

だからもういい加減、そんな自分を変えたいと思う。

「私なんかって思って、ごめんなさい……。そうやって思わずにいられる自分になれるように……

頑張りたいです。は、羽角さんが、私が自分の嫌いなところ全部好きだって言ってくれるから、私も好きになれるように、なりたい。それで、私が単純明快になっても嫌いにならないでくれると、嬉しいです……」

「単純明快？」

「は、はい。頑張ったらなるかも。根は単純だから」

「ははっ！　ああもう、かわいいなぁ……」

本気で危惧《きぐ》しているのだが、全力で笑われてしまった。

でも、ちっとも嫌な気持ちにはならない。

馬鹿にされているのではなく、その笑い声には溢《あふ》れんばかりの愛情が詰まっているとわかるから。

「ちゃんと話してくれてありがとう、伝わったよ。大丈夫。瑠璃が頑張るって言うなら、俺はそれを隣で見守らせてもらうだけだ。結婚のことは俺が急ぎ過ぎたと思うし、前も言ったけど、そういう意思があるっていうのを知っていてくれたら、それでいい」

おいで、と手を引かれてソファへ移動する。

ふかふかのマットに体を沈めて、クッションを抱きしめた。

「なにか飲む？」

「いえ、大丈夫です」

隣に座った彼が、私に向き合うように体を動かし片膝《かたひざ》を立てた。

「話を戻してもいい？　彼女……瀬川さんのこと」

聞きながらティッシュを差し出してくれた。

クッションを背面に戻し、崩れに崩れた顔をティッシュで拭《ぬぐ》う。

それから私も羽角さんに向き合った。

「自分で気づいているかわからないけれど、瑠璃は少しずつ変わっていると思うよ。今回は結果としては悲しい思いをしたけれど、ああして彼女と仲良くなったことは、瑠璃にとって大きな出来事だったんじゃない？」

「あ、はい……。事務所の人とも、少しずつだけどやっと話せるようになったんです。それは、瀬川さんと仲良くなったおかげだと思っていて」

「うん。でね、彼女の行動なんだけど。どう考えてもおかしい感じがする。それを善意でやっていたとしてもだよ、瑠璃にも俺にも失礼だ」

どう答えたらいいかわからず、押し黙ってしまう。

「彼女とは、もう会わないで欲しい。もちろん、連絡もとらないで」

「え……」

「ついさっき、瑠璃がここに来る前に、俺のスマホにこんな写真が届いた」

差し出されたスマホを見下ろして言葉を失う。

写真に写っているのは、私だった。男性に腰を抱かれている横顔。それと全身の写真も一枚。どちらも身に覚えがありすぎて驚愕《きょうがく》してしまう。

なんでこんなものが、羽角さんのもとに届いているんだろう。

「こっ、これ、昨日の夜のです！　瀬川さんと待ち合わせた場所に行ったらこの男性がいて、ふ、二人で食事に行こうって」

「大丈夫、落ち着いて。瑠璃を疑ってなんかいないよ。さっき聞いた状況と一致してるし、だいたい写真の中の瑠璃、すっごく嫌そうな顔してる」

「え、これ表情なんかわかります？」

顔を顰《しか》めて画面を注視する。

私であることは間違いないが、表情まで読み取れるかと聞かれたら微妙だ。

しかし彼は「わかるよ」と得意そうにしている。

「これ、誰から届いたものなんですか……？」

「わからない。プライベートのメールアドレスに届いたものだけど、送信者は覚えのないアドレスなんだ。ちょっと調べてみるけど、多分……いや、確実にその瀬川って女性が絡んでいると思う。彼女の顔がわかる写真とか持ってるかな」

「いえ、ないです」

「どんな人？」

「えー……と、とにかく美人で、いつも綺麗《きれい》な装《よそお》いで……、秘書として働いていると言っていました。あとは……都内出身で今、実家にいるとか、それくらいしか……」

信じられない出来事が連続して起こっている。頭がパニックになりそうだ。

「その人とは、なんのツールで繋がってるの？」

「あ、と、メッセージアプリです」

「そう。電話番号は？　教え合ってる？」

「いえ……電話をするときはアプリ内の通話機能でやり取りしていました。他の連絡先は教え合っていません」

「ん、わかった。とにかく、彼女からどんな連絡がきたとしても応答しないで」

本当に瀬川さんが絡んでいるのだろうか。

あんなことがあったあとでも、信じたくないという気持ちが全くないと言ったら嘘になる。

でも、この写真を撮れる可能性があるのは、あの日の待ち合わせ場所を知っており、かつあの場に現れなかった彼女――そう考えたら辻褄《つじつま》が合う。

今日の彼女が明らかにいつもと違う様子だったのも、羽角さんのことを直接知らないはずなのにああも断言していたことも、こちらが拒否しても男性を紹介してきたことも。

羽角さんの言う通り、考えたら考えた分だけおかしかったり怪しかったりする要素が見つかってしまう。

どうしてこんなことになってしまったのだろう。

「はい……。もう瀬川さんとは会いません。連絡も、しません」

そう決めたのは、羽角さんに言われたからじゃない。私の意思だ。

漠然《ばくぜん》とした不安が肩の辺りをふわふわと漂《ただよ》う。

彼にメールを送ったのが瀬川さんだとしたら、なにが目的でこんなことをしたんだろう。

「それで、瑠璃。その男の手が触れたのは、この辺りかな」

「えっ⁉」

スカートのウエスト部分を引き下げられて、そこに彼の顔が近づいてくる。

「大丈夫、大丈夫。死ぬほど自分の跡を残そうと思ってるだけだから」

全然大丈夫じゃないんですけど。目が据《す》わってらっしゃるんですけど⁉

私の腰に巻きついた腕は、その後数時間離れることがなく。

そして朝まで、散々体中をいじられて眠ることもできず。

翌日の朝、私は遅刻ぎりぎりで事務所に駆《か》け込むことになった。

14

その二週間後。

私は半分眠った状態で、最寄《もよ》り駅からアパートまでの道を歩いていた。時刻は午後十一時。

連日泊まり込みで仕事を続けた結果、社長から「そろそろ仮眠室の家賃取るぞ」と脅《おど》され、羽角さんには『いい加減、家でゆっくり寝たほうがいいよ』とメッセージで諭されてしまった。

もういっそ仮眠室の家賃を払ってでも仕事の続きをしたい……と呟《つぶや》きながら冷タオルで顔をがっしがし擦《こす》っていたら、隣のデスクの椎名さんに「水原さんってやっぱり、クールビューティーじゃなくておっさんなの？」と尋ねられた。

なので真剣に考えてみたが、答えが出る前になぜかそっと栄養ドリンクを差し出されて会話は終わった。

「あー……綺麗《きれい》な石……」

足元に落ちていた、琥珀色《こはくいろ》のきらきらとした平べったい石。角が少し欠けたそれをアパート前の道路に座り込んで拾う。街灯にかざし、角度を変えつつ観察してみた。本当に綺麗《きれい》な石だ。

収集決定。胸の内で呟《つぶや》き、コートのポケットの中へ。帰ったらすぐに石集めボックスに収納しよう。写真を撮って羽角さんに送ろうかな。その前に、電話してみようか。今日はうちに泊まりに来るって、さっきメッセージが入っていたから。もうこちらへ向かっているかもしれない。

深夜のテンションでにやにやしながらスマホに手をかけて、羽角さんに電話をかける。

「瑠璃ちゃん」

突然声をかけられたことに驚いて、しゃがんだまま首を回す。

そこには、一度目にしたらそうそう忘れることなどない、美しい女性が立っていた。

アパートの外階段横。レンガを模《も》した外壁に軽く背を預けてにっこりと微笑《ほほえ》む姿は、そのまま絵画にだってなってしまいそう。

「おかえりなさい」

コツ、とヒールの音を響かせて、瀬川さんがこちらへ近づいてくる。

私は馬鹿みたいに固まったまま動けなかった。

「こんなに帰宅が遅いの。大変なお仕事ね」

ふわり。風に乗ってローズの香りが届いた。

「何度連絡しても返事をくれないんだもの。今日は、どうしても瑠璃ちゃんに見せたいものがあって来たの」

あれから、彼女とは連絡を取っていなかった。

けれどメッセージが何通も届いていたのは知っているし、時折電話がかかってきたのもわかっている。読んでいないし電話も取らなかったが、瀬川さんが私になにかしらの用事があるのだということは、わかっていた。

「スマホに何度も送ったのよ？　でも、きっと見てくれていないでしょう」

どうして彼女が私の住まいを知っているのか、どうしてわざわざこんなことをするのか。

思考は、彼女が差し出してきた写真を見て吹っ飛んだ。

「よく見て？　誰が写っている？」

写真には、女性と腕を組んだ羽角さんが写っていた。

大きな衝撃に襲われて、息が止まってしまいそうだった。

「だから言ったじゃない。考え直すべきだって」

彼女の声は耳に入ってくるが、理解が追いつかない。

なぜなら、私は写真に釘づけになっていたからだ。

写真の中の羽角さんは、珍しくスーツを着ていた。それも光沢のあるタイプのもので、胸元にはポケットチーフが差し込まれている。かなり華やかな印象だ。

恐らく、彼がレセプションパーティーへ行った日に撮られた写真なのだろう。確か、先々週だったはずだ。

女性の顔は写っていないが彼女も気合いの入ったワンピースで、この寒い季節にノースリーブ。ということは会場内で撮られたものなのかもしれない。

写真の中の羽角さんは笑っていた。

いつも事務所で見る、ふんわりとした柔《やわ》らかい笑顔だ。

「あなたの恋人ね、彼女と朝までホテルにいたそうよ」

パーティーへ行った日――羽角さんは何時頃帰宅したっけ。

彼がパーティーへ出向いて朝帰りしたことなんて、付き合ってから一度もなかったはず。毎日毎日、マメに連絡をくれる人なのだ。予定は必ず教え合っている。だから彼がパーティーへ行った日に届いたメッセージや電話の履歴を確かめれば、彼女の話が嘘であるとすぐにわかる。

今ここで自分のスマホを確認すればいいだけの話だ。

絶対に、惑《まど》わされない。

「わかったでしょう？　あなたは遊ばれているだけよ」

嘘だ。あんなに毎日毎日もういいからってほど好きだと言ってくれる人が、他の人とどうにかなるわけがない。

そう、信じているのに。

視覚って強烈なんだなと、思わずにはいられない。

羽角さんが笑顔で他の女の人と腕を組んでいる、それを見ると心が鈍く痛む。じわじわと涙まで込み上げてくる。

「残念だけど、彼とは別れたほうがいいわ。結婚なんて以《もっ》ての外《ほか》よ」

信じているのに。馬鹿みたい。

華やかな場に出て、彼が群《むら》がられるのなんて日常茶飯事《にちじょうさはんじ》なのに。

でも、嫌だった。

こんなもの見たくないと手を払ってしまえたらいいのにと思うくらい、嫌だった。

青い焔《ほのお》が心の中で燃え上がる。ヤキモチなんて、かわいいものじゃない。

醜《みにく》く、どうしようもなく、写真の中の女性に嫉妬《しっと》していた。

間違っても目から涙が落ちてしまわないように、奥歯を噛《か》んで耐える。

「……確認します」

小声でそう言って、手の中のスマホを見下ろす。

羽角さんに発信していたはずの画面は閉じており、ホーム画面に戻っていた。

恐らく繋がらないまま切れたのだろう。電話口から彼の声は聞こえなかったはずだ。

メッセージアプリを開き履歴を遡《さかのぼ》った。

スクロールしてもしてもなかなか先々週の日付に辿《たど》り着かない。乱暴に画面スクロールを繰り返す。本当に嫌だ。あの写真も、羽角さんを信じているのにショックを受けている自分も。醜《みにく》い嫉妬《しっと》を燃やしていることも。

メッセージ履歴を探すことは諦《あきら》めて、着信の履歴に画面を切り替える。

——そのとき。背後から腕を引かれて、強く強く抱きしめられた。

「瑠璃、ごめんね」

苦しそうな呼吸。真冬の夜中に、したたり落ちる汗。走ってきてくれたのだろうか。どうして謝るんだろう。

「は、羽角さん……」

言いながら、彼の腕にしがみつく。

「……悔《くや》しい。こんなに瑠璃を傷つけられたのに、全然気づけなかった」

羽角さんはごめんとまた囁《ささや》きながら、腕を解《ほど》いてその背に私を隠した。うしろ手で差し出された掌《てのひら》に、指先を絡める。

「晶斗……！」

甲高《かんだか》く、不自然なほど甘い声。瀬川さんの声だ。

両手で口を覆《おお》い感激に眉を寄せて、うるうると目を潤《うる》ませている。

「ああっ、晶斗！　久しぶりねっ！」

「ちょっと、寄らないで。迷惑」

「もうっ、相変わらず冷たいんだから。久しぶりに会えて、すごく嬉しいわ！　意地悪なことを言わないで、もっとよく顔を見せてちょうだい」

いそいそと近づこうとする彼女と、長い腕を前に出して拒否を示す彼。

瀬川さんのテンションがいつもと違いすぎて、ひたすら戸惑《とまど》う。

「よくもそんなことが言える。……平気な顔をして久しぶりだなんて、腹が立ちすぎていっそ笑えてくるよ」

状況が全く掴《つか》めず、二人を交互に見やった。

笑えてくると言ってはいるが、彼に笑顔はない。まるで能面のよう。

「瑠璃、この写真は先々週レセプションパーティーへ行った日のものだ。クライアントのお子さんに一瞬腕を組まれただけだよ。他にはなにか言われた？」

「あ、はい。大丈夫です。わかってます。他は……ホテルが、どうとか……」

「ホテル？　ありえないよ。この日は途中で帰ってきたんだ。うちのマンションの防犯カメラを確認して。帰宅した時間と日付が残ってるはず……」

言いながら彼がスマホを操作しだしたので、そこまでしなくていいと慌てて止める。

人心地《ひとごこち》ついたものの、別の意味で焦《あせ》ってしまう。

「ああもう、これで晶斗にいろいろばれちゃうわね」

彼女がつまらなそうに嘆息《たんそく》した。

「瑠璃になにをしたか理解してる？　自分がどれだけ瑠璃に対して非道で恥《は》ずかしい振る舞いをしたか」

彼はそう問いかけながら、ゆっくりと首を傾けた。繋いだ指先にぎゅっと力が入る。

「全部大切なあなたのためじゃない。ずっと恋人を作らなかったあなたが、お付き合いをしている人がいるって知って、どんな子か気になったの。お父様だって心配しているわ」

「今回のことは、あの人も絡んでるのか？　今さらなんのつもりだ」

言いながら、羽角さんが自身の長い前髪を掴《つか》んだ。

「いいえ。私はお父様に言われたから動いているわけじゃないわ。でも、晶斗には後日お父様からお話があると思うわよ。晶斗にとって、とてもいい話が。あんな仕事じゃなくて、ちゃんと……」

「……まさかとは思うけど、十二年もたって家に戻れなんて話？　馬鹿な話は聞きたくない」

「それはお父様が晶斗にお話しされることよ。晶斗がこんな……あなたにふさわしくない上に、うちとはとても釣り合いの取れない家柄の子と結婚を考えているだなんて、お父様が知ったらきっとがっかりするわ……その前に、なんとか別れてもらいたかったのに」

「黙れ」

重い重い空気を引き裂く鋭利《えいり》な叫び。羽角さんが、怒鳴った。怒れば怒るほど冷えていく人が。

信じられない気持ちで彼の横顔を見つめる。

「佐智穂《さちほ》、いい加減にしてくれ。本当に不愉快だ。瑠璃をこんな子呼ばわりする権利があると思ってるその神経が全く理解できないし、嫌悪《けんお》しかない。こんな回りくどいことをして瑠璃を傷つけて、人間として最低だっていい加減わかって。恥《はじ》知らずもいいところだ」

「ほら……、晶斗はそうやって、いつも私たちの言うことを聞いてくれない。なら晶斗が気持ちよくこの子と別れられるように、陰で根回しするしかないじゃない？　晶斗が大好きで、大切だから心配しているの。どうしてわかってくれないのよ」

「相変わらず話の通じない……佐智穂に干渉《かんしょう》される筋合いなんてない」

「晶斗……まったくもう……」

「これ以上なにかしたら本気で訴える。今度瑠璃の前に顔見せたら……わかってるよね？　スキャンダルは、まずいんじゃないの」

羽角さんが動く。無言で手を引かれて、あとに続いた。

瀬川さんとすれ違うとき、またあのローズの香りが漂《ただよ》った。

体中にまとわりつくような彼女の視線を受けながら、外階段を上がる。

それから部屋の中へ入った。

「ごめん……」

羽角さんのマンションとは違う、二人並んで立ったらいっぱいいっぱいな狭い玄関で。思い切り抱きしめられる。

そっと彼の背に腕を回すと、こめかみに引ききっていない汗が光っているのが見えた。どうして走ってきたのかと聞いてみる。

曰《いわ》く、切れたと思っていた通話は繋がっていたらしい。

元々近くまでは来ていたものの、電話から彼女の声が聞こえたので急いで駆《か》けつけてくれたそうだ。

「ごめん、瑠璃……。彼女は瀬川なんて名前じゃない。羽角佐智穂……俺の姉だ」

……なるほど。雰囲気や仕草が、似ているわけだ。

同じ空気を持っていると感じたのは、気のせいではなかった。

「瀬川は、俺の母の旧姓。多分、瑠璃に接触していることを俺に気づかれないよう偽名を使ったんだと思う。だから……」

「そっか……、じゃあ、最初からわかってて……私に近づいたってことですね」

全部お芝居《しばい》だったのか。口にしたら自然と声が沈んでいた。

同時にすとんと腑《ふ》にも落ちた。だからあんなに優しくしてくれたのか、と。

慌てて顔を上げると、彼が悲痛を湛《たた》えて唇を噛《か》む。

「ご、ごめんなさい。私、舞い上がっちゃって。瀬川さんが羽角さんのお姉さんだって全然気づかなくて……」

「やめて、どうして瑠璃が謝るんだ」

あまりにも悲しく、そして辛そうにしている彼に慌てて口を開いたものの、余計に落ち込ませてしまったようだった。

押し黙って次の言葉を探すも、気の利いたなにかは見つからない。

「……佐智穂は」

羽角さんが話し出したものの、歯切れが悪い。また押し黙ってしまう。

私も沈黙を守ったまま、彼の綺麗《きれい》な二重の線をじっと見つめていた。

「……ちょっと、理由があって、昔から俺や弟に対して異常な執着心《しゅうちゃくしん》があるんだ」

言葉を選ぶように話し出した彼を見て、「無理に話さなくて大丈夫ですよ」と気遣ってみる。

しかし、羽角さんは首を横に振った。

「執着心《しゅうちゃくしん》、ですか。私には瀬川さ……いえ、彼女が、羽角さんのことを大好きなように見えました」

「まぁ……うん、そういう感じかな。度を超えた弟好き。でもまさか、こんなことまでするなんて……。瑠璃のことは、多分俺に調査かなにか入れて知ったんだと思う。それで……」

「調査？」

「探偵とか、そういう類《たぐい》の」

探偵！　と目を丸くしてしまう。

漫画の世界ではよくご登場になる存在だが、現実世界で話題に出たのは初めてだ。

「本当に恥《は》ずかしい身内で情けないんだけど……男を紹介したのは、瑠璃がそっちへ靡《なび》けば、佐智穂が仕組んだと知られずに俺と別れさせられると考えたからじゃないかと。でも瑠璃はもちろんそうしなかったから、ああして俺に写真を送ってきたんだと思う。俺が佐智穂の話なんか聞かないのも、説得したって無駄なのもわかってるから、そうやって別れの原因を作ろうとした……のかな。予想だけど、多分ほとんど当たってると思う……」

靡《なび》けばいい、とはつまり……ハニートラップの男性版のようなものという解釈でいいのだろうか。

では、あのときの男性たちは、そういう事情もすべて承知の上で彼女のお芝居《しばい》に付き合っていたわけだ。

彼女がどの時点から芝居《しばい》をしていたのか、私にはわからない。

静電気はどう考えても偶然だろうけれど——他は全部、出会いから嘘だったのかな。

漫画喫茶で同じ本を取ろうとしたのも、少女漫画が好きだってことも、好きな漫画家さんの話で盛り上がったのもカフェで話しかけてくれたのも、漫画の感想を何時間も言い合ったのも全部。

「全部、嘘だったのかな。どこまで嘘だったんだろう。漫画好きだって言ったのも、私に合わせるためだったのかな」

つい先ほどまで話していたのが、多分本当の彼女。羽角佐智穂さんなのだろう。

〝瀬川さん〟なんて人はいない。

そのことに酷《ひど》く傷つくというより、もの悲しい気持ちになった。

「……俺の家の話、してもいい？」

「あ、はい……」

「その……うちは、父親が政治家なんだ。さっきのが長女で一番上、俺は真ん中の長男で、あと弟がいる。俺は実家とは十年以上疎遠《そえん》で」

「せ、政治家……？」

驚愕《きょうがく》したものの、お姉さんの物の言い方があういう風なことに、なんだか納得してしまう。

きっと立派な家柄なのだろう。

だからふさわしいとか釣り合うとかいう事柄に、拘《こだわ》っていたんだ。

「政治家って、支援者の数が物を言う世界なんだ。二世三世……よっぽど無能じゃない限り、そうやって地盤を引き継ぎ立場を強固にしていく。とはいえ、人並以上の努力が必要だし、尊敬できる大人はたくさんいたよ。でも、俺は父のことをどうしてもそういう風には見られなかった。あの人に尊敬の念を抱いたことは一度もない。政治家って仕事どうこうより、父の跡を継ぐのは絶対に嫌だった。中学生の頃、鞠哉さんと出会ってデザインの仕事をして生きていけるようになりたいと思ってからは余計かな。なのに、家を継げと追い回される。まだ子供の癖に、生活力もない癖に逆らうなってね。それで、高校に入学する年かな。アルバイトができるようになったからって、家を出ようとしたんだ」

「えっ？　それって十六歳とかですよね？」

うん、と彼が頷く。

十六で親元を離れようとするなんて、なんて行動力だろう。

しかし逆に考えると、十六の子が家を出たいと真剣に悩む生活環境でもあったわけだ。

追い回されるという表現に、胸が痛くなる。

「でも結局、家を出て何日もせずに連れ戻された。それで父に言われたんだ。そんなにやりたいことがあるなら、大学を出てデザインで食べていけるようになれ。それまではこの家を出ることは許さない。デザイナーとしてひとり立ちできたら認めてやる。そのときはもう政治家になれとは言わないって。父は元々、デザインなんて低俗で軟派《なんぱ》な仕事だと思ってる人で、だけどちょっとは伝わったのかって俺も勘違いしてさ。それからはがむしゃらにデザインについて学んで、鞠哉さんにこっそり実践経験積ませてもらって。家ではひたすら耐えた。で、俺が二十歳のとき、鞠哉さんが独立して事務所を作ったんだ。大学を卒業したら一緒に看板背負えって誘ってもらって。つまり、就職先が決まった。今の事務所にね」

低俗で軟派《なんぱ》な仕事。

実の親にそう言われてしまった彼の気持ちを考えるといたたまれない。

「……社長と羽角さんは事務所立ち上げ前からの仲だとどこかで聞いたんですが、そんなに昔からお知り合いだったんですね。でも、約束どおりひとり立ちして家を出ることになったのに、なんで羽角さんはご実家と疎遠《そえん》に……？」

「父が約束を違《たが》えたんだ。就職が決まったって言ったら、じゃあもう充分だろうって。充分遊んだんだから、これからは俺のために尽くせって。信じられないでしょう。でも、そういう人なんだ。母と姉は父に心酔《しんすい》していて……いや、佐智穂は心酔《しんすい》というか執着かな。唯一、弟だけはおもしろい奴だけどね。結局、俺はそのまま家を出て、そこから何年かは父との間で多少の攻防があったけど、弟が父の秘書についてからは、さっぱりだった。弟も好きで政治の道に進んだし、だからまぁ一応……丸くおさまってたんだ。そこから今まで、勘当《かんどう》状態というか。実際父にも、お前は死んだと思うことにするからって言われてて。だから絶縁だよね。俺も、もうあの家と関わるつもりなんて全くなかった」

実の父親に、『お前は死んだと思うことにする』なんて言われたら、どんな気持ちになるだろう。想像もできない。

一生の仕事だと思うほど好きなものを否定されて、約束を破られて、勘当《かんどう》、絶縁。

彼がこの先、関わりたくないと思うのも当たり前だ。

「でも……さっき佐智穂は父から話があるって言ってたから、父はきっとなにか厄介事《やっかいごと》を押しつける気でいるんだろう。……俺は、瑠璃を家の問題に巻き込んだ……。本当に、ごめんね。結婚の話をする前に、こういうことを瑠璃に、ちゃんと話すべきだった」

「え、いえ。ご家族のことは私も全然聞なかったし……、そもそも、私だって羽角さんに自分の実家の話をしたことない気がします。ありましたっけ……？」

「確かに、ないかもね」と彼が苦笑する。

けれど彼としては、過去に面倒事が起きた家なのだから、ちゃんと話しておくべきだった、と後悔しているのだそう。結果、家族が瑠璃を傷つけたのだからと。

羽角さんは自分が甘かったとしきりに反省しているが、首を傾《かし》げてしまう。

「だとしてもですよ。十年なにもなかったら、もう関係は断ち切れたんだって考えて当然だと思います。それに、羽角さんのおうちの事情を聞かせてもらっていたとしても、瀬川さんとして現れたお姉さんの正体に、私はきっと気づけなかった」

そもそも結婚の話自体、私が戸惑《とまど》っていたせいで具体的になにか進んでいたわけじゃない。

彼は結婚したいと、ずっと一緒にいる約束をしたいと言ってくれただけ。

家族の話以前に、当人同士での擦《す》り合わせを終えていなかった状態だ。

だからそんなに気にしないで下さい、と伝えてもなかなか首を縦に振ってくれない。

もう二度と瑠璃を傷つけさせたりしない、と誓うように言い、優しく抱きしめてくれる。

その腕の中で、私は考えていた。

彼の切ない過去と、ご家族との関係、それから彼のお姉さんのこと。

自分はこれからどうするべきなのか、どうしたいのか、どうなりたいのか。

彼のために、なにができるのか。

瑠璃を傷つけたと、私よりもよっぽど悲しい顔をして嘆《なげ》き、弱っている彼の温かい腕の中で、ずっと考えていた。

15

買ったばかりの漫画の新刊を手に、自分のベッドへ飛び込む。

ずっとずっと追いかけてきた少女漫画の最終巻。平凡な女子高生ヒロインと、爽《さわ》やかすぎる大学生ヒーローの恋愛ものだ。

ジェットコースターみたいな展開が続くため読んでいる間中《あいだじゅう》ハラハラしっぱなしになるが、そこがいい。もっとも、起伏《きふく》が少なく、ずっと幸せで楽しい展開が続く物語も大好きだけど。

ストーリーについての好みの守備範囲が広いのは、個人的に胸を張りたい箇所である。

節操《せっそう》なしと呼ばれてもいい。むしろ喜んで呼ばれたい。

漫画に巻かれているビニールを丁寧に剥《は》がし、表紙を捲《めく》る。

すると、数ページ読み進めたところで、あるセリフが飛び込んできた。

『こんな下らないことを、いつまで続ける気だ』

それは物語の中で、主人公カップルの仲を反対する、ヒロインの父親のセリフである。

私は最近、これと全く同じ言葉を現実の世界で耳にした。

そのときのことを思い出してしまった途端《とたん》、ページを捲《めく》る手が止まる。

無理やり続きを読み進めてみたものの、なかなか頭に入ってこない。

つい三日前の強烈な記憶に、大好きな漫画タイムが邪魔されているのだ。

同時に、現在憂《うれ》えていることが気になって仕方なくなってくる。

それを紛《まぎ》らわすため漫画を読み始めたのに。

はぁっ、とわざとらしいため息を吐いて、漫画を閉じる。

ベッドへ仰向《あおむ》けで転がり、白い天井を眺《なが》め眉根を寄せた。

——三日前、瀬川さんが羽角さんのお姉さんであることがわかった翌日。

事務所に、なんと羽角さんのお父さんとお姉さんがやって来た。

それも、ミーティングルームに乱入し、『こんな下らないことを、いつまで続ける気だ』と打ち合わせ中だった彼へ吐き捨てるように言い放ち、あまつさえ他の社員がいる前で『家に戻って政治家になれ』と個人的すぎる用件を切り出したのである。

聞きしに勝《まさ》る荒ぶった行動には驚いた。彼の気持ちを考えると、胸が潰《つぶ》れてしまいそうだった。

ちなみにお姉さんは、そんなお父さんを愛情いっぱいの眼差《まなざ》しで見守っていた。

まるで、お父さんの行動が正しいとでも言わんばかりに。

彼女も、お父さんも、羽角さんの心には目もくれず好き放題振る舞い自分たちの都合を押しつけて、帰っていった。

彼らが帰ったあと、羽角さんは事務所を騒がせたことを社員一人一人に詫《わ》びていた。

そこから社長がなんとなく笑い話の方向へ話を持っていったのと、そもそもが人望の厚い羽角さんなのとで、それほど大きな騒ぎにはならず済んだ。

しかし、また事務所に踏み込まれたらと危惧《きぐ》した彼は、お父さんと話し合うことを余儀《よぎ》なくされ、実家へ向かうことになったのだ。

今夜、彼は十数年ぶりに実家へと足を運んでいる。あの強烈なお父さんと話し合いをするために。

ぱっと顔の向きを変え、スマホを手にとり時間を確認する。

時刻は午後十一時二十分。まだ彼からの連絡はない。

あの人と話し合いなんて、成立するのだろうか。

そもそも、他人の会社に乗り込んできて、その仕事を『こんな下らないこと』なんて言ってしまえる人が、政治家ってどうなのだろう。

深く思考すればするほど、湧《わ》き上がってくるのはいくつもの疑問点と不安要素ばかり。

彼が大変な思いをしているときに、なにもできない現状が歯がゆい。

薬指の指輪を額《ひたい》にくっつけて目を閉じると、握りしめていたスマホが着信を知らせた。

羽角さんからだ。

『遅くにごめん、今から帰るよ』

「あ、はいっ。お疲れ様です。どうでしたか？」

『最悪の一言かな。あとでゆっくり話すね。こんな時間だけど、今から瑠璃の家に行ってもいい？』

二つ返事で頷き、電話を切る。

四十分ほどで到着するそうなので、その間ばたばたとワンルームの中を駆《か》け回った。

お風呂を沸かして、着替えを用意して。ごはんは食べたのだろうか。一応食べられるように、なにか用意しておこうか。

「遅くにごめんね」

電話のときと同じような挨拶《あいさつ》をし、部屋の中に入ってきた彼は、修羅場《しゅらば》のデスマーチ案件を達成したあとのような、非常に疲れた顔をしていた。

「だっ、大丈夫ですか」

「んー……、かなり久しぶりだったから……あの空気感というか、こう、言葉が通じない感じが結構なダメージで疲れた。でもああいうの、昔はなにも感じなかったんだ。慣れって怖いよ」

お父さんの話とはやはり、仕事を辞めて家に戻り、政治家になるための勉強を始めろというものだったそうだ。

「あの、弟さんは……？　弟さんが地盤を引き継ぐ予定だって」

「うん……いなくなったらしい」

彼はローテーブルに肘《ひじ》をつき、その上に顎《あご》を乗せた。

「い、いなくなった？」

「行き先はつきとめてるみたいで、海外だって。さっき弟に連絡してみたけど、電話が繋がらなくなってたよ。姉が言うには、あの子は政治家になるには心が弱かったとかなんとか……。でもそうじゃなくて多分、八割方父のせいだ。弱かったんじゃない。まっすぐで真面目な奴だから、きっと父のやり方に耐えられなくなったんだ。なのに父も、あいつは見限った、使えないなんて言うんだから、どうかしてるよ」

はぁ、と口元を掌《てのひら》で覆《おお》う。その姿は、とても辛そうに見える。

「あいつがいなくなったから俺に戻ってこいって……つくづく勝手な人たちだ……」

そっと彼の側に座り、背を擦《さす》ってみる。

他にどうしたらいいのかわからなかった。

「ありがと……」

縋《すが》るように彼の手が伸びてくる。その手をしっかり掴《つか》んで、彼を抱きしめた。

「絶対に戻らない。絶対に。どんな方法を使っても」

決意を表すように、自分を鼓舞《こぶ》するように羽角さんは呟《つぶや》いた。

「お父さんのお仕事を手伝うつもりはないんですよね」

聞くまでもないけれど、確認のために聞いてみた。

「ないよ。結婚だって……俺が結婚したいのは瑠璃だけだ」

そう言うってことは、私のことでも、なにか言われてしまったのだろうか。

でももう、私なんかって思わない、言わないと決めたんだから。

その戸惑《とまど》いには折り合いをつけた。迷うことなんかなにもない。

「あの、こんなときに申し訳ないんですけど……」

少し体を離して彼と向き合う。

「その……、私も……羽角さんと結婚したいです」

「え……」

彼の頬にさっと赤みがさす。特に今日は血色が悪い分、顕著《けんちょ》だった。

「あ、別に今すぐ結婚して欲しいとか、そ、そういうことではなくてですね、戸惑《とまど》いの理由もわかったし、結局は自分の問題だったし、羽角さんのこと大好きだし、なんだ、その……」

ぺらぺらと必要以上に口が動いてしまい、身振りも激しくなる。

「とにかくっ、私も羽角さんとずっと一緒にいたいです」

余計なことを取り払って出た答えは、それ以外にない。

ご家族に反対されても、彼が家に戻ることを望まないのであれば、好きだと思う気持ちを止める必要はない。

誰になにを言われても、この先どんなことが起きたとしても、羽角さんと一緒にいたいと強い気持ちで思っている。

「だ、誰にも自分を恥《は》じることなく、羽角さんとこれからずっと一緒に、時間を過ごしていきたい……です」

必死に思いを伝えると、彼に腰を抱かれ引き寄せられた。私の髪に彼の鼻先が埋まる。

「うん……ありがとう。俺も瑠璃が大好きだ」

その言葉だけで、溢《あふ》れんばかりの歓喜《かんき》が伝わってくる。

「瑠璃にあんな……おかしなことをして傷つける家族がいるのに、そんな風に言ってくれるなんて。すごく嬉しいよ。でも俺、瑠璃のこと、また悩ませてない？　大丈夫かな」

「全然です。実は、お姉さんには感謝したいくらいだなって考えてて」

彼は怪訝《けげん》な顔をした。

なぜその考えに至ったのかまるでわからないと、口にするまでもなく、その表情が物語っている。

「ちょっと、話はズレるんですが。この前……と言うか、彼女が羽角さんのお姉さんだってわかる前。あのとき、羽角さん言ってくれたじゃないですか。私が少しずつ変わってきてるって。実は自分でも最近ちょっと……それを実感できるというか」

そう、と羽角さんが嬉しそうに目を細める。

優しく髪を梳《す》いてくれる手の温もりにはにかみながら、私は自分の心の内をきちんと言葉にして、彼に伝えた。

まず、コンプレックスを嘆《なげ》くことが少なくなった。

羽角さんが、自分の嫌いなところも全部好きだと言ってくれたから、私が自分を卑下《ひげ》すると彼が悲しむから、頑張っていいところを探してみたり、だめなところを受け入れて認めてみたり。自分を見る目が確実に変わったのだ。

誰かと相対するときもそうだ。

親しくない人と話すときでも、仕事で初対面の人と関わるときでも、頬が強張《こわば》ることが減った。緊張しすぎて感じの悪い話し方になってしまうことも格段に減ったし、事務所の人とは談笑だってできるようになった。

多分、言葉にしてしまえば小さな変化。

でも私にとっては、大きな大きな変化だ。

そうやって、自分に対して変われたのは羽角さんのおかげ。

そして人との接し方について変われたのは——間違いなく瀬川さんのおかげ。

「だから、彼女が私と仲良くしてくれたのはお芝居《しばい》だったとしても、彼女と親しくなれたからこそ……ちょっと勇気を出して一歩踏み出してみたら、こんなに人と話せるんだって、気づけたというか。彼女に感謝したいくらいだって思うのは、そういう理由です」

彼女が偽名を使って私と接していたことは、もちろんとても悲しかった。

本当に、呼吸が止まるかと思うくらいの深い悲しみに襲われた。

ただ羽角さんが気にしているような、傷ついたという感覚は、正直なところあまりない。

どこまでが嘘だったんだろうと、考えることはある。

騙《だま》されたことも、それに気づけなかったのも切ないし悲しい。

でもそれより、だからあんなに優しくしてくれたんだと、腑《ふ》に落ちてしまう部分のほうが大きかったりもするのだ。

そう説明すると、羽角さんは困ったように笑う。

とりあえずは納得してくれたようだった。

「ただ私、デザイナーとしての羽角さんを貶《けな》されるのが、どうにも我慢ならなくてですね……、ご家族にこんな感情を抱いて大変申し訳ないんですが、けっこうこう、メラメラと……」

「え、怒ってるの。珍しい」

そう、そうなのだ。

感謝したいくらいだとは思っているがその反面、彼女には——当然、お父さんにも、私はかなり憤《いきどお》りを感じている。

羽角さんがデザイナーという仕事をどれだけ好きか、どれだけ誇りを持っているか。日々どれだけ努力しているかわからないなんて。

彼は人を魅了《みりょう》するデザインを次々発表してしまう天才で、神様なのに。

それがわからない、わかろうともしない彼らに、言いようのない怒りを覚えてしまうのだ。

大好きな人の家族をそんな風に思ってしまうことが申し訳なくはあるが、振り回されている羽角さんを見ていると、正直その気持ちも薄れる。

「なんかもう……、羽角さんというデザインの神様の偉大さを、なぜわかろうとしないのかと……私、羽角さんが自分の子供とか弟だったら、周囲に死ぬほど自慢するのに」

子供も弟も困るな、と言いながら、羽角さんは嬉しそうに声を上げて笑った。

「じゃあ、瑠璃に自慢の恋人だって思ってもらえるように、頑張らないと」

「羽角さんのことは、自慢というか、いつ何時も尊敬してますよ、本当です。羽角さんが変態だと知っても薄れなかった強固な尊敬の念が……！　家族だったらいいけど、恋人を自慢ってなんか恥《は》ずかしくて……っ」

からかわれているとわかっていたけれど慌ててしまった。

わかってるよ、と羽角さんが甘やかに笑う。

「俺は好きなことをただやり続けてきただけど、瑠璃にそうやって怒ってもらえるなんて、なんか得した気分だ。頑張ってきてよかった」

ふわふわと柔《やわ》らかい、いつもの彼の笑顔が戻る。そのことに、ほっとした。

「それで、メラメラしている私から羽角さんにお願いがあります」

「ん？　なに？」

「お姉さんと話をさせて下さい。二人きりで会いたいんです」

「え……、どうして？　なにを話すの？」

なにを話したいのかという問いには、嘘は吐かないが明確には答えず説明してみた。しかし、納得してくれない。瑠璃が酷《ひど》いことを言われるとわかっていて行かせられるわけないと、きっぱり断られてしまう。けれど私も折れなかった。

「なら……電話で話すのはどう？　どうしても会いたいなら、俺も行く」

電話じゃだめだ。会わないと意味がない。

羽角さんに付いてこられるのも困ってしまう。心配してくれるのは、わかっているけど。

その日の話し合いは平行線で結論が出ず――翌日の夜、彼の家に泊まりに行き、なんとか説得して、すぐさま彼女に電話をした。

すると、彼女はいつも通りの透き通った美しい声で『私も話があるの』と言った。

晶斗に内緒でうちにいらっしゃいと言われたけれど、それは断った。彼に秘密で行動する意味がわからない。

「秘密にしなくてもいいなら……お、お邪魔します」

緊張して声が震《ふる》える。彼女がくすりと笑った。

16

お宅訪問を指定されたのは、二月に入ってすぐの土曜日だった。

丁寧に化粧をしてカシュクールのワンピースに袖《そで》を通し、ロングコートを羽織《はお》る。いつもは下ろしている髪も、低い位置でひとつに束ねた。

全く歓迎されていないが、一応恋人のご実家にお邪魔するのだ。

せめて服装だけでも失礼にならないよう、意識して支度《したく》をした。

お姉さんからスマホに送られてきたマップを頼りに、地下鉄を降りて駅から徒歩五分ほど。

マップ上のピンが示す場所に到着し、豪華な建物をじっと見つめる。

三階建てなのだろうか、長方形の建物が三つ、互い違いに横並びしている外観も相まって、まるでビルのよう。外壁は真っ黒だ。ところどころにオレンジ色のタイルが並んでいるから重たい印象にはならない。窓の位置もすごくオシャレで、デザインした人の素敵なセンスを感じ、唸《うな》ってしまう。

この家の人たちは、こんなにも素敵な外観のおうちに住んでいるのに、建物をデザインした人のこともくだらないと言うのだろうか。

ここまでデザイナーズな建物に住んでいて、どうしてあの言葉が出てくる……と眉を顰《ひそ》めてしまう。

「いらっしゃい」

広い門を開けて出迎えてくれたのは、お姉さんだった。

「晶斗は来ていないわね？」

はい、と返事をすると中へ案内される。

晶斗に秘密にできなくても、必ず一人で来てね、というのがお姉さんの出した条件だった。

それを条件とする理由はわからないが、私にとって好都合だったので尋ねることはしなかった。

どうしても付いてくると言って聞かなかった彼には、やっとやっとわかってもらったものの、結局乗り換えの駅までは車で送ってもらった。

家まで送るという彼と、一人で行けると主張した私の妥協点がそこだったのだ。

「お邪魔します……」

贅沢《ぜいたく》に空間を使った広い玄関を通り、彼女のあとに続く。

その途中で、エプロンをした若い女性が「お召《め》し物をお預かりします」と声をかけてくれた。お手伝いさんだろうか。漫画の中には頻繁《ひんぱん》に登場するものの本物は初めて見た。手にかけていたコートを彼女へ渡す。そして、案内された部屋の中へ。

「どうぞ、座って？」

明るい光の差し込む大きな窓には、端から端までバーチカルブラインドが取りつけられている。革張りのソファ、クリアガラスのテーブル。全体的にモダンな雰囲気だ。

勧められたソファにゆっくり腰を下ろすと、先ほどコートを預かってくれた女性が飲み物を持って部屋の中に入ってくる。

彼女が出ていくのを待ってから、お姉さんが口を開いた。

「さて……まずは、あなたのお話を聞きましょうか」

揃《そろ》えている膝《ひざ》が、緊張で震《ふる》える。

「と、その前に、私ったら、まだきちんと名乗ってなかったわね。ごめんなさい？　羽角佐智穂と申します。佐智穂でいいわよ」

ご丁寧にどうも、と口にしたかったが出てこなかった。代わりに、カップを持ち上げて温かい紅茶に口をつける。

――自分で望んでここまで来たんだ。

佐智穂さんにわかってもらえなくても、彼の仕事ぶりを感じてもらえたらそれでいい。

彼のお父さんには望むだけ無駄だけど、羽角さんのことを大好きな彼女なら、きっとどこかしら響く箇所があるはずだ。

それで思ってることを、ちゃんと全部言う。

口下手だからすぐに言葉が出てこないかもしれないけど、絞り出してでも言う。

臆《おく》することなく堂々と、羽角さんの隣を歩けるように絶対なるんだから。

いつもいつも羽角さんに甘えて慰《なぐさ》めてもらってるだけじゃなくて、私は私にできることをする。

心の中で、そういうことをめちゃくちゃ叫んだ。

勢いそのままにバッグの中へ手を突っ込み、茶封筒を引き抜く。

中から分厚い紙の束を二つ取り出して、片方を彼女へ渡す。

「そちら、ご覧頂けますか」

本当は見目のいいレール式のファイルにまとめたかったのだが、なんせデザインの神様はよい作品をたくさんお作りになる。厳選したものの、かなりのページ数になってしまったため、レール式ファイルにはとても入りきらなかった。

仕事のプレゼン資料として出したら、ページが多すぎて確実に最後まで読んでもらえないやつである。しかし後悔はしていない。

「なにかしら、カタログ……？」

「いいえ。こちら、羽角さんの作品集です」

やはりタイトルを入れるべきだったろうか。

しかしあまりにも神に似つかわしくない、ださめなタイトルしか思いつかなかったのでやめたのだ。

よって彼の名前を英字で並べて表紙デザインをしたのだが、プレゼン相手の目には届いていないようだった。

しまった、仕事じゃないからってデザイン性を追求しすぎて視認性が低かった。

「佐智穂さん」

「は、はい……？」

「まず、一ページ目の写真をご覧ください。こちらは羽角さんがデザインされた化粧品のパッケージです。テーマは乙女と透明感。いかがですか」

「い、いかがって……」

「羽角さんはどのようなデザインもお手の物ですが、とりわけかわいい系をご担当されると、このような神商品を量産されます。商品とデザインについて、ご説明させて頂いても？」

彼女は鳩《はと》が豆鉄砲《まめでっぽう》をくらったような顔をしたまま固まっている。

返事はない。

「こちらはティーン層を狙った商品ですので、彼女たちに手の届きやすい価格設定がなされました。極力無駄を省《はぶ》きコストを下げる。しかし質は落としたくない。つまりパッケージデザインにもクライアントから厳しい予算が課されます。しかしそこはディレクターでありデザイナーである羽角さんの腕の見せどころ、これは私個人の考えになってしまいますが、羽角さんは予算をたっぷりかけて作る商品より、少ない予算内でどれだけのことをやれるか、という点を楽しめる方なのです。こちらのデザインの特徴は、なんと言ってもこの色です。かわいいと誰もが声を上げるであろう絶妙な配色。さらにこちらの模様は、神が自《みずか》らの手でお書きになられたものでして……」

言葉が喉に引っ掛かっていたのが嘘のようだ。めちゃくちゃ滑《なめ》らかに言葉が出てくる。吐きそうなほど緊張しているのに不思議だが、ちょっと……いや、かなり楽しかった。

「では次に、四十二ページをご覧ください」

羽角さんの過去作品をプレゼンする機会なんて、そうそうない。

このまま何時間でも喋《しゃべ》れそうだ。

「はい、では次にうつります、こちらは……」

「……もういいわ。あなた、なにがしたいの？」

四つ目の作品について話し始めたところで、ストップがかかる。

開いてすらもらえないのではと予想していたのに、佐智穂さんは、ぽかんとしながらも一応一緒にページを捲《めく》ってくれていた。羽角さんの作品もちゃんと見ていた。私の熱い説明を聞いていたかはわからないが。

「これ全部、羽角さんの魂です」

私は分厚い資料を持ち上げて、ページを叩く。

「かわいいでしょう。素敵な作品ばかりなんです、本当に。羽角さんは、こういう素晴らしいものを休むことなく作り続けているんですよ。文字通り、身を削って努力されています。こんなに才能溢《あふ》れる方なのに努力の鬼なんです」

「……だから？」

「あんな仕事だの、こんな下らないものだのと仰《おっしゃ》っていたので、きっと羽角さんの作品を見たことがないいんだろうなぁと思って。本当に本当にすごいディレクターで、デザイナーなんです。貶《けな》されるような部分なんて、ひとっつもないいんです。政治家のお仕事とデザイナーの仕事って、そもそもが分野が違うのだから比べてどうこうという問題でもないというか……どうして劣《おと》るとお考えなのか逆に聞きたいくらいで」

「あなたの話って……これなの」

「あ、いえ……これだけではないいんですが、でもメインはそうです」

私が単身この家に乗り込むなんて大胆行動に出られたのは、彼の仕事を貶《けな》されたことへの怒りが原動力となっている。

これが、私が彼女に会いたかった一番の理由だ。

電話じゃ資料を見てもらえるかわからなかったから、直接話せてよかった。

それから、二人きりで会いたいと指定してくれたのも。

お姉さんに会いたい理由を知られたら、彼はきっと私を止めただろうし、仮に理解してくれて彼の見ている前でプレゼンをしたとしても……もういいよって、ちょっと照れながら止められる想像しかできない。

「これはあなたが作ったの？」

「はい」

「……まるで漫画の感想を言ってるみたいだったわ。あなたが明るく話せるのって、漫画と晶斗の仕事についてだけなのかしら」

親しい人以外だとそうかもしれない。それだってここまで全力で語れることはそうないけど、と思いながら首を竦《すく》める。

自分の手元にある資料をバッグへしまっていると、次の話をしてと促《うなが》された。

「あ、えーと……、佐智穂さんはどうして、私と親しくなろうとしたんですか」

彼女についての一番の疑問。最初から羽角さんと別れさせるのが目的だとしたら、なぜわざわざ親しくなる必要があったのだろうか。

あの膨大な漫画の知識といい、好みの被り方といい……そこまですべて偽物だったのかというのも疑問だ。

そもそも、そんなことまで調べられるものなのだろうか。

瀬川さんという存在自体が偽物であるとわかっていても、どうしてあんなに話が合ったのか不思議でたまらない。

その真相を、ただただ知りたかった。

「あなたがどういう人か、知りたかったからよ。あなたのよく立ち寄るスポットや時間帯なんかは人を使って調べさせたけど、人となりついてはデータではなく、私が直接知りたかったの。晶斗にふさわしい人か見極めるためにね。それには、ある程度親しくなってしまうのが手っ取り早いわ」

偽名を使ったのも、彼の姉だとわかったら、普段と態度が変わるのではと懸念《けねん》したからだと言う。

「ま、待って下さい。じゃあ、漫画の好みが似ていたのとか、感想とか、そういうのは全部本当だったんですか？」

しかし彼女は答えない。そんなのどうでもいいことよ、と言うだけだ。

そこについては、わからず終《じま》いになるわけか。

気になっていたけれど、答えてもらえないのなら仕方がない。

「最初はあなたとの交際について、許容する心づもりはあったのよ？　あなたが晶斗と釣り合いの取れる子だったらこんなことにはならなかったけど、違った。だってあなた、晶斗の文句を言っていたじゃない。私が晶斗の姉だとわかっていたら言わなかったでしょう。だから今、こんな風に晶斗の仕事を褒《ほ》めるところを見せられても恋人の家族に対しておべっかを使い、点数稼ぎしているようにしか見えないわ」

点数稼ぎ。ちょっと発想が飛躍《ひやく》しすぎている気がするけれど、大好きな弟を悪く言われたらよく思わないのは当然かもしれない。

けれど、彼が仕事を好きなのは感じてもらえたらしい。それだけ伝われば、あとはいいのだ。

ただ、彼女が〝瀬川さん〟ではなく彼のお姉さんだったからこそ、私が彼のことをよく思っていないという印象で関係が終わるのは嫌だ。

だったら、最後にみっともなく言い訳をしに来たと思われたほうがよっぽどいい。

伝わらなかったとしても。

「私は腹が立っているのよ。あなた程度の子が晶斗を変わり者呼ばわりして、邪険に扱って……！」

「私が、彼についての話をするときに照れたり、ごまかしたり……そういうことをしたから誤解を与えてしまったんだと思います。でも私は、ほ、本気で羽角さんが好きです。すごく好きで……ずっと同じ時間を過ごしたいと思っています。あのときは言えなかったけど、彼と結婚したいと思っています」

佐智穂さんの表情が変わる。

彼女の中の熱が冷えていって、かわりに怒りが増幅しているのがわかる。

「とても無理だわ。結婚だなんて、黙って見ていられない。別れなさい」

「……どう思われても、別れません」

と、そのとき、部屋の扉をノックする音が聞こえた。

彼女は私をじっと見つめたまま「どうぞ」と言った。

「佐智穂。なにをしている」

「お父様！」

お父様……？　私は、恐る恐る扉のほうを振り返った。体中の血の気が引いていくのがわかる。

彼女もいくらか慌てているので、想定外だったのだろう。

それもそのはず。今回予定を合わせる際に『その日は父の戻りが早いから外してちょうだい』と何度か言われていたのだ。

彼のお父さんが、ゆっくりと部屋の中を進んで目の前のソファに座る。

私はすぐさま腰を浮かせて頭を下げた。

「佐智穂、彼女は晶斗の恋人……だったか」

はい、と彼女が消え入りそうな声で答えた。

「どうして私の家に上げている」

「も、申し訳ありません、お父様。彼女に家柄の違いを理解させるには、この家を見せるのが効果的かと……」

「……私の許可もなしにか。佐智穂、ここは誰の家だ？　言ってみろ」

青白い顔で俯《うつむ》いた彼女は、肩を震《ふる》わせていた。

高圧的な彼の態度に怯《おび》えているようにも見える。

彼女はお父さんに心酔《しんすい》していると聞いていたが……洗脳されている、という表現のほうがよっぽどしっくりくるのではと思ってしまう。

「名前は」

彼が佐智穂さんからすっと視線を外し、横目で私を見る。

「水原瑠璃と申します」

「座りなさい」

革張りのソファに悠々《ゆうゆう》と座り、私を上から下までじっとりと睨《ね》めつけてくる年嵩《としかさ》の男性。

先日事務所にやって来たときも思ったが、あの細いフレームの眼鏡を外したらきっと羽角さんにそっくりだろう。しかし雰囲気はまるで違う。ここまで顔が似ているのに不思議だが、ふわふわとした雰囲気の羽角さんに対して、お父さんは厳格そのもの。

「晶斗が君と結婚すると言っていたが」

鼻で笑い、煙草《たばこ》に火をつける。彼が最初の煙を吐き出すまで、無言の時間が流れた。

空気が重い。見えない圧力に体を押し潰《つぶ》されているよう。

「君はどうなんだ。本気で晶斗と結婚できると思っているのか」

「はい……。したいと、思っています」

「身の程知らずな」

言いながら、テーブルの上の資料に目を留める。

「これは？」

「羽角さ……あ、晶斗さん、の……過去の作品集です」

「下らない。こんなもの持ち込んで、なにを考えている？」

彼は分厚い紙の束を手の甲で払った。佐智穂さんが慌てて資料を持ち上げる。

それから「あなた、晶斗の仕事について、お父様に余計なことを言わないで。絶対よ」と上擦《うわず》った声で言い、部屋を出ていく。

どういう意味かよくわからず考えていたが、その答えへ辿《たど》り着く前に彼がまた質問をしてきた。

「晶斗には、もっと釣り合いの取れた女性と結婚してもらう。相手は君ではない。自分がこのあとどう行動すればいいのか……言わなくてもわかるだろう？」

いちいち察しの悪い私がいけないのだが、暗に別れろと言われているのだと理解するまで、少し時間がかかってしまった。

緊張で膝《ひざ》が震《ふる》える。指先が冷える。

「なにを黙っている。答えなさい」

厳しい声が飛ぶ。唇を噛《か》んで、顔を上げた。

「……晶斗さんがそれを望むのでしたら、まずは彼と話し合って考えます。けれど、私には彼が他の女性との結婚を望んでいるようには、思えません。でしたら私の答えはひとつです。別れる必要は……ないと思います」

神経質そうな眉が吊《つ》り上がる。

「なにを勘違いしているのか」と吐き捨てられて、足が竦《すく》んだ。

「君は自分が真に晶斗から想われているとでも思っているのか」

私に青臭い話をさせないでくれないか、と続け、不機嫌そうにため息を吐く。

「聞いているよ。君はかなり風変わりな女性だと。晶斗には君が、物珍しく映ったんだろう。あれがこの家にいたときには一切関わらせなかった類《たぐい》の女だからな。全く……頭が痛い」

蔑《さげす》みの言葉に固まっていると、そのタイミングで佐智穂さんが戻ってきた。

彼は、より顔を顰《しか》める。

「席を外していなさい、佐智穂。お前はもういい」

「お父様……」

「お前は私が指示するまで勝手に動くな。出ていきなさい」

彼には、自身の振る舞いで羽角さんが困惑し悲痛に暮れているのがわからないのだろうか。目の前の佐智穂さんが傷ついているのが、わからないのだろうか。正直、佐智穂さんに心からの同情はできないが、もやもやする。

自分の考えを押しつけて、あたかもそれが正しいのだというように主張して。

家族であっても、個の存在を否定される道理はない。

ましてや他者に自分の考え通り動くことを強制するなんて、自分と他人の線引きができていない証拠だ。

家族であっても違う人間なのだから。そのやり方で長男が家を出て次男が失踪《しっそう》しているのに、不思議だな。おかしいのは自分だって、どうしてわからないんだろう。

「さて、話を戻そう」

彼がそう言うと、佐智穂さんは再度部屋を出ていった。

「晶斗は長男だ。いずれは私と同じ道に進ませる前提で今まで好きにさせていたが、潮時《しおどき》でね。晶斗がどう言っても準備が整ったら動くつもりでいる。そして家へ戻り次第、身を固めてもらわんと。あれも、いい年だから。君が晶斗にしがみついたところで結果は変わらない。こちらの手をこれ以上煩《わずら》わせるのはやめて、さっさと晶斗の前から消えなさい。金が必要なら多少は融通《ゆうずう》しよう」

金、という突然出てきた言葉に唖然《あぜん》としてしまう。

え、金？　お金をやるから黙って別れろってこと？

その上、羽角さんがあんなに憔悴《しょうすい》してるのに、無理やり家につれ戻すってこと？

「……お金は不要です」

彼はあからさまに面倒そうな表情をし、ため息混じりで紫煙《しえん》を吐き出した。

短くなった煙草《たばこ》を灰皿に押しつけ、箱の中から新しい煙草《たばこ》を取り出す。そして火をつけた。

「では、少しやり方を変えようか。君は随分《ずいぶん》、晶斗の仕事ぶりに惚《ほ》れ込んでいると聞いたが」

その質問には、はぁ……と曖昧《あいまい》に頷いた。

惚《ほ》れ込んでいるどころではなく、もはや崇拝《すうはい》している。全力プレゼンを何時間でもできるほど。

そして、彼の仕事を貶《けな》されると怒りを覚えるほど。

「晶斗が今の仕事を続けることを望んでいる？」

「それは……もちろんです」

羽角さんが別の道に進みたいと望んでいるのなら話は別だが、でもそれはありえない。

羽角さんは絶対に戻らないと言っていた。

「では、こうしよう。君が晶斗と別れると約束するなら、あれに仕事を続けさせてやってもいい」

「え……？」

「別れないなら……そうだな、君の周囲になにが起こるかわからない、とだけ言っておこうか」

「……どういう意味でしょうか」

もっとわかりやすく言ってくれよと、びくつきながらも多少げんなりした。

「さぁ。これは未来の予測みたいなものだが……」

「……予測？」

「そうだ。断言しているわけではない。が、なにかよくないことが起こるかもしれないだろう。君にも、君の周囲にも。田舎のご家族にも注意を促《うなが》したほうがいいだろうな。そもそも大した暮らしをしていないようだから、そう変わらないかもしれないが……それでも、君が晶斗と別れないなら注意が必要だ」

そこまで言われて、ようやく脅《おど》されていることに気づいた。

「君次第だな」

「っ、私の家族まで巻き込むんですか」

情けないくらい、ひっくり返った声が出た。空咳《からぜき》をしても喉元に詰まっているなにかは流れていかない。息が詰まる。

しかし同時に——消えかけていた怒りに火が灯《とも》った。

なにが未来の予測だ。そうやって保険をかけて、責任から逃げるような言い方をして。

大した暮らしをしてないなんて、どこ調べだ、なに基準だ。高いところから私の家族を謗《そし》って信じられない。

羽角さんのことをあれと、物のような言い方をするのも腹が立つ。仕事を続けさせてやってもいい？　絶対に嘘だ。準備が整ったら動くつもりでいると言っていたくせに。

重苦しい空気と尊大な態度に圧倒されて消えかけていた怒りが、ゆっくりゆっくり体中に広がっていく。

「……っ、まり。私が羽角さんと別れるのなら、彼は仕事を続けられる、私の家族にも手を出さないと仰《おっしゃ》るんですね」

詰め寄るように問いかけても返事はない。否定も肯定もしないのだ。ずるい大人、と胸の内で呟《つぶや》く。

「私が羽角さんと別れても、彼が仕事を続けられる保証はどこにもない。私の家族のことも、同じです。……信じられません」

「私が約束を違《たが》えるとでも？」

「は、羽角さんとの約束だって破ったでしょう!?」

「晶斗と約束？　さぁ、覚えがないな。君は、よほどあれを盲目的に信じて転がされているらしい」

神経が焼き切れそう。こんなに激しい怒りを覚えたのは初めてだった。

わかっていてとぼけているのか、本当に覚えていないのか知らないが、どっちにしろ最悪だ。

「信用、できません。ですからそんな約束しません」

「君も頭が悪い。女はこれだから……」

「なんと言われようと、あなたに脅《おど》されて羽角さんと別れるなんてこと、絶対にしない。絶対に」

いくら私が感情を高ぶらせようが、目の前の人は呆《あき》れるように顔を顰《しか》めるだけ。

これ以上は話したところで無駄だろう。自分の気持ちは言葉でぶつけたから、もういい。理解なんて得られないと最初からわかっていた。

バッグを掴《つか》んで立ち上がる。

すぐにでも出ていきたいのを堪《こら》えて、深く頭を下げた。

足早に部屋を出て玄関へ向かう。お手伝いさんからコートを受け取り、素早く靴を履《は》く。

外に出ると、空はほんのり夕焼け色に染まっていた。薄黒い雲の隙間から覗《のぞ》くオレンジが目に痛い。乱暴に目を擦《こす》って駅までの道のりを歩く。

ふと顔を上げると、視界いっぱいに大きな看板が飛び込んできた。来るときは全く気づかなかった。こんな大きな看板を見逃《みのが》すだなんて、余程緊張していたのだろう。

できれば今も、気づかず通り過ぎてしまえたらよかったのに。

看板の中で、当分顔を見たくない強烈な人が、白い歯を見せ笑っていた。

『誰もが安心して生活できる社会を！　平等な社会を！』

羽角さんのお父さんの顔の下には、青い文字でそう書かれていた。

なんとも言えない気持ちで眺《なが》めつつ、足早に看板の前を通り過ぎる。

嘘つき、と心の中で叫んだ。

「瑠璃」

かけられた声に足を止める。

閑静《かんせい》な住宅街の路地に、羽角さんが立っていた。

なんの連絡もしていないのに、どうしてだろう。

まさか、ずっと待っていてくれたのだろうか。

私の頬を包んでくれる彼の指は冷たい。信じられないほど冷えた指に、そっと手を重ねた。

行くなという彼の気持ちを抑え込むような真似《まね》をしてここまで来たけれど、結局私になにができたのだろう。

冷静になって考えてみると無力感を味わいに行っただけのような気もするが、それでもたったひとつ、示せた。彼女にも、彼のお父さんにも。

彼と別れる気なんてないということだけは。

「瑠璃……」

体を引き寄せられて、激しく掻《か》き抱かれる。

「ごめん、瑠璃。きっと嫌な思いをしただろ……？」

私が彼女に会いたいと言ったのに。一人では行かせられないと心配してくれる羽角さんにわがままを言って、ここまで来たのは私なのに。また羽角さんが謝る。そんな必要ないのに。優しくて悲しげな声を耳にすると、涙が溢《あふ》れてしまいそうだった。

「わがままを言って、ごめんなさい」

「ううん。佐智穂に、言いたいこと言えた？」

彼の腕の中でこっそり涙を拭《ぬぐ》い、静かに頷く。

羽角さんには、今日ここへ来た本当の理由は話していない。

佐智穂さんに、自分の口から今の気持ちを伝えたいから、と彼には説明をしてあった。

羽角さんと結婚したいと思っていること、私が羽角さんのことをとても好きだということ、なにがあっても羽角さんと別れる気はないこと、あのとき彼女にちゃんと伝えられなかった分もすべて、彼女の目を見て言いたい、と。

その気持ちに嘘はひとつもない。実際、彼女にはその通り気持ちをぶつけることができた。

でも多分、それだけの理由だったらわざわざ彼女に会うこともなかっただろう。

真の目的を隠していることにぴりっとした罪悪感を覚えて胸が痛くなるも、資料を作ってプレゼンをしに行ってきましたと……すぐには言える気がしない……

けれど、もう少し落ち着いたら絶対に話そうと心に決めている。

「理解はしてもらえていないけど、私の本気を感じてはもらえたと思います。絶対に別れませんとお伝えしてきました」

「ありがとう。そんな風に言ってくれて……父とは？　鉢合《はちあ》わせてない？」

「あ……と、少しだけお話ししました。でも……」

「やっぱり、父もいたんだ……。そっか、ごめんね。なにか言われた？」

「なにかというか……、まぁ、別れなさいというようなことを……。お父さんにも自分の意思は示してきたんですが、まずかったでしょうか？」

「ううん。全然。瑠璃に嫌な思いをさせたことが申し訳なくて」

悲痛の面持《おももち》ちで肩を落とした彼に、私は慌てて言い募《つの》った。

繰り返し繰り返し、大丈夫だからと。

「……ありがとう、瑠璃。今度は、俺が頑張るからね」

「え……？」

意味がわからず聞き返すと、彼は意を決したように答えた。

「もう、今後一切、父と関わらなくて済む方法を考えたんだ。今度こそ、向こうから逃げて行くような方法を」

「あの、それって法的なこととかそういう……？」

ううん、と羽角さんが否定をする。曰《いわ》く、十二年前にはなかった方法――なのだそう。そういう意味では時代に感謝だ、とまで言っている。

「二度と瑠璃に家のことで迷惑をかけないって約束する。本当に……ごめんね」

もういいと何度も言っているのに。その上、瑠璃の家族のことも心配しないで、と謝りながら頭を撫《な》でてくる。

「え……家族って……」

「どうせあの人のことだから、瑠璃の家族を人質《ひとじち》みたいにして、あくどい脅《おど》しをかけてきたでしょう」

大丈夫だから、もう好きにはさせないよ。柔《やわ》らかい声でそう言われる。

額《ひたい》を胸に押しつけて、うんと返事をした。涙腺《るいせん》がおかしくなっているのだろう。ちょっとの心の刺激で涙が出てきてしまう。

「今の時点では、なにを言っても説得力はないと思うけど」

「……そんなことないです。羽角さんだもん。世界一信じてます」

「ははっ、随分《ずいぶん》大きく出た。……瑠璃は優しいね」

全部がちゃんと片づいたら、瑠璃のご両親に会わせてもらえるかな。

そう言ってくれた彼にさかんに頷いて、私はまるで子供のように、羽角さんの胸元へぎゅうぎゅうと抱きついた。

「……両親と言わず、妹と祖母にも会って下さい。あの、うちの実家本当に賑《にぎ》やかで、かなり一生懸命話さないと声が届かないことがあります。それとあの家に住んでいるのは人間ではありますが、全員が揃《そろ》うと全体的にほぼほぼ動物園みたいな感じになります。私を含め」

頑張って、と笑いながらふざけて言うと、彼も楽しそうに唇の端《はし》を上げた。

いいな、楽しそうだと本当に嬉しそうに言うから、結局ぐすぐす鼻を鳴らしてしまって、私はまた彼を困らせることになった。

17

佐智穂と会うため、俺の実家を訪れた瑠璃を迎えに行き、マンションに連れ帰ってから。

すぐさまベッドに引き込んで、何度も瑠璃を抱いた。

疲れ果てて眠りに落ちた彼女の寝息を聞きながら、時計に目を走らせる。時刻は午前一時。

視線を愛しい彼女に戻し、温もりに触れて髪に触れて、伏《ふ》せられた目蓋《まぶた》に小さくキスをする。

散々抱き合った彼女の体はいまだ熱く、行為の名残《なごり》をそこかしこから感じる。

眠りを妨げてしまいそうになる欲しがりな自分の手をぐっと握って、ベッドを下りた。シャワーを浴びて気を紛《まぎ》らわそう。自戒《じかい》の意味で体を冷やすべきだ。そう思いながらバスルームへ向かう。

そのとき、ソファの上に瑠璃のバッグが置かれているのに気づいた。

バッグが倒れ、中に入っているものが出ている。

持ち手に指をかけて、バッグを引き上げる。けれど一度出てしまった中身はそのままだ。押し込まないと収まりそうにない。瑠璃の物だと思うと、ぱんぱんに膨《ふく》らんでいるそのバッグまで愛しくて、自分で自分に笑った。

そうして何気なくバッグを持ち直したときに、気づいた。

自分の名前が印字されている資料のようなものに。

バッグの中から抜き取ってしまうのは憚《はばか》られたので、はみ出している部分だけページを捲《めく》ってみる。するとそこには、俺が過去に制作したものが印刷されていた。それだけではなく、テーマやデザインのポイントまで細かに書かれている。

「……全く、かわいいな」

瑠璃が作ったものだとすぐにわかった。多少の照れくささは感じるが、それ以上に作品に対する愛情を感じられるのが嬉しい。

しかし、喜びの中に小さな疑問が混じる。彼女はどうしてこれを作ったのだろう。

仕事で使うような資料ではない。そもそも案件自体がないし、万が一俺の知らないところで鞠哉さんがなにかしらのプロジェクトを動かしていたとしても、彼はこの分厚い資料に決してゴーサインを出さないだろう。

つまり、これは瑠璃が個人的に作ったということになる。一体なんのためにそんなことを……

そこまで考えて、はっとした。

瑠璃が佐智穂に会いたがった理由。電話じゃだめだとこだわった訳。

自己主張の上手じゃない彼女が、どうしても佐智穂と二人で話をしたいと折れなかったのは――

そういうことか、と指先で紙に触れ、眉間にぐっと力を入れる。

ソファにバッグを戻し、足早にベッドへと戻る。

ぐっすりと眠っている瑠璃の唇をそっと食《は》んで、髪を撫《な》でた。

「ありがとう、瑠璃」

愛しさが際限なく湧《わ》き上がってくる。熱情が煮えたぎってどうしようもない。

いつだって、これ以上ない限界ぎりぎりのところで彼女を愛しく想っているのに、瑠璃は意図せずその限界を引き上げる。

そうすると俺はさらに彼女にのめり込んで、夢中になる。自分でも止められないくらいに愛しくて愛しくてたまらない。

――もう絶対に、瑠璃を傷つけるような真似《まね》はさせない。

同時に湧《わ》き上がった思いを再確認し、彼女からそっと離れる。

こんなにも愛おしい彼女を、自分のせいで傷つけてしまった。

瀬川が佐智穂だと気づけなかった。

家の問題に巻き込むなど言語道断《ごんごどうだん》だ。

もう二度と同じ失態は犯《おか》さない。父の好きにはさせない。佐智穂の好きにもさせない。

瑠璃との未来に、あの家は必要ない。

スマホを操作し、とある人物に発信をする。

「お世話になっています、羽角です。そろそろ上がりそうですか？」

通話をしながら、瑠璃の頬をそっと撫《な》でた。

「……そうですか。では、よろしくお願いします」

自分の居場所は、ここだけ。瑠璃の隣だけだ。

あの家との関わりを断ったことを世間に知らしめたい。瑠璃がなんの不安もなく、これからもずっと隣にいてくれるように。


一週間後。

佐智穂に連絡をとって、俺もあの家へ向かった。

今でもこの家に足を踏み入れると、それだけで息が詰まる。世界中で最《もっと》も酸素の薄い場所なのではと下らない冗談を言ってみたりして。

通されたのは応接室だった。父はソファに座り、隣に佐智穂が立っている。母親はいない。

「母さんは？」

弟は仕方ないとして、集められる家族全員に話をしたいと伝えていたはずだ。母親がこの場にいない理由は聞かなくてもわかっていたが、佐智穂に尋ねてみる。

「……お母様は、予定がどうしても合わなかったのよ」

「そう」

母の予定が合わないなどという理由を、父が認めるはずない。だから恐らく、父が母の同席を許さなかったのだろう。こんな扱いを受けても父に心酔《しんすい》してすべてを言いなりに過ごしている母に多少同情する。その気持ちは佐智穂へのそれと同じだ。

「佐智穂。瑠璃のことを知ったのは、俺に調査を入れたからだろ?」

「そうよ。お父様が調査を依頼したの。家を離れていた期間が長かったから、心配されていたのよ」

「そんなことはどうでもいいよ。つまり、調査の結果を見て瑠璃が俺の恋人だって知ったってことだよね」

「ええ。前にも言ったけれど、ずっと恋人を作らなかったあなたが夢中になっている相手がいること……、知ったときは驚いたわ。私の大切な晶斗が好きになったのはどんな女性か、どうしてもこの目で直接確かめたかった。だから動いたのよ。お父様には、叱《しか》られてしまったけれど……」

「趣味のこと、瑠璃と随分《ずいぶん》盛り上がったって聞いたけど。あれも偽装なわけ」

姉は胸の下で腕を組み、顔を背《そむ》けた。その子供のような仕草には同情を差し引いても呆《あき》れるしかない。

「……いいえ」

わずかながら、佐智穂の視線が父へ向く。趣味の話は父の前でされたくないようだ。

「じゃあ、気が合ったのは本心から？」

佐智穂は顔色を変え、口を噤《つぐ》んだ。

つまり漫画の好みで意気投合したのは嘘ではないのだろう。

「瑠璃はとても喜んでたよ。彼女の純粋な気持ちを利用して、少しも胸は痛まない？」

「趣味の話は彼女の人間性を探るために……ある程度親しくなるためにしただけよ。その結果、どう考えてもあの子は、あなたにも、この家にもふさわしくないことがわかった。だってあの子、晶斗のことを変だって言ったのよ。結婚だって乗り気じゃないようだったし。ただでさえあんな子との結婚なんて許しがたいのに、晶斗に求婚されてあの子が考えるだなんて……そんなのもっと許せない。あの子、晶斗のことを大して好きじゃないのよ。だから私は晶斗のためを思って、彼女と別れさせてあげようと思ったの。大好きなあなたがあんな子と結婚するだなんて、晶斗の姉としても、羽角家の長女としても冗談じゃない。何度も言っているじゃない」

「……やっぱり話にならないな」

晶斗こそ、どうしたら私達の気持ちをわかってくれるの!?　と姉が金切《かなき》り声を上げる。

先日、無理やり実家を訪れさせられたときにも散々したやり取りだ。なんの生産性もない。

「みんな、あなたのことが大好きだから心配しているのよ！」

「佐智穂が俺のことをかわいがってくれてたのはわかってるよ。でも、それだけじゃないだろ。春《はる》生《き》だってきっとわかってる」

弟の名を出すと、姉は途端《とたん》に眉を顰《ひそ》めた。

「春生の話は関係ないわ」

「そうかな。春生はきっと、佐智穂のそういう気持ちも重荷だったと思うよ。だから失踪《しっそう》なんて形で家を出たんだ」

ちなみに弟は、佐智穂の目が届かない場所で気楽に過ごしているそうだ。

先日ようやく連絡がとれたことを伝えると、姉は目に涙を溜めて唇を震《ふる》わせた。

「春生も晶斗も、なにが不満なの？　晶斗が今の仕事に拘《こだわ》ることも、あの子に拘《こだわ》ることも理解できない。お父様があなたを後継者にと望んで下さっているのよ、お父様の役に立てるのにどうして……っ」

拳《こぶし》を握り、唇を噛《か》んで姉が訴えてくる。ようやく彼女の本音が出たことに肩を竦《すく》めた。

姉が、俺や弟をかわいがってくれていたのは確かだ。幼少の頃は特に、父の言いなりである母にはできない相談を、俺も弟も姉にしてきた。随分《ずいぶん》助けてもらったし、励ましてももらった。母親代わりであったと言っても過言ではない。

けれど、姉は変わってしまった。おかしくなり始めたのは、彼女が中学に入学した頃だったはず。父に異常なほど執着し、言いなりに動いて、まるで母親そっくりになってしまった。少しずつ変わっていく姉を、俺も弟もただ見ていることしかできなかった。

なぜ、姉が変わってしまったのか。

答えは簡単だ。佐智穂は父からの愛情が、欲しくて欲しくてたまらないのだ。

自尊心を傷つけられ、言葉と態度でずたずたにされ続けても、時折与えられる父からの愛情に縋《すが》って、父に愛されなければ生きていけないとずっと怯《おび》えている。なんとかして父にもっと愛されたいと叫んでいる。こんな年齢になっても子供の心を引きずったまま、ずっと。

俺には、母と姉のそんな姿が異常に見えた。

父に至っては、まるで犯罪者のようだとすら思っていた。

人を簡単に洗脳して駒《こま》のように扱う酷《ひど》い人。

脅《おど》しと懐柔《かいじゅう》……飴《あめ》と鞭《むち》を使い分けて、いいように人を操る姿は悪魔のようだと恐怖さえ感じていた。

だから尊敬なんてできなかったし、向こうも向こうで言いなりにならない俺に苛立《いらだ》ちを覚えていただろう。

だからこそ、佐智穂にはずっと同情していた。

俺が父の洗脳から逃《のが》れられたのは、外の世界との色濃い繋がりがあったからだ。なかでも鞠哉さんと出会えたことが一番大きかった。それがなかったら、俺だって佐智穂のようになっていたかもしれしない。

「佐智穂をかわいそうだとは思う。佐智穂がそうやって執着するのは……」

この先に続く言葉は、姉には決して言ってはいけないと思っていた。ずっと、言わないと決めていた。姉も父の被害者だと考えていたからだ。

けど、そうやってごまかしていたから大切な人がこの家族に巻き込まれた。

俺は家を捨てたはずだし、ここから逃《のが》れたつもりでいた。同時に捨てられて存在を消されていたはずだった。

なのに、影はいつの間にか背後に迫って、大切な人ごと呑み込もうとしていたのだ。関係を断ち切るには、問題に光を当てて浮かび上がらせるしかない。

「執着するのは……自分が父さんと同じ道に進ませてもらえないからだ。だから、父さんの仕事を手伝える立場にある俺たちが、そうしないことが許せない。そうだろ?」

女だからという理由で後継者の頭数《あたまかず》に入れない。女だから父のことを手伝えない。女だから父に頼りにされない。女だから。佐智穂にとっては呪いのような言葉だ。

男尊女卑甚《はなは》だしい父の思想に、姉は心を傷つけられてきた。痛いほどわかっている。

本当は、佐智穂が一番父と同じ道に進みたいと思っているのも、男として生まれてきただけでその権利を持っている俺たちをずっと羨《うらや》んでいたのも。誰よりも父からの愛情を欲しているのも。わかっている。理解している。でも——

「いい加減、自分の人生と俺の人生を混同するのはやめてくれ。同情はするよ。でも迷惑だ。俺は父さんの地盤を引き継ごうと思ったことは一度もない」

ここ数年、姉とも弟とも定期的に連絡はとっていた。

その際、父のもとで働き始めた弟を、姉がサポートしていることは知らされていた。

姉は父の仕事を直接手伝うことはできないが、弟のサポートは許されていた。

つまり、その期間は間接的に父の役に立てていると実感できていたはずなのだ。

けれど、弟が失踪《しっそう》したことでそれが崩れた。新たな後継者が必要になったわけだ。

姉は父に選ばれることはない。女だから。

なのに十二年も絶縁していた俺が選ばれた。男だから。

姉が婿養子をとる方法だってあったはずだが、父は頷かなかったのだろう。

そこへきて俺に恋人がいることを知り――元々身内贔屓《びいき》の姉ではあるが、あそこまでするような人じゃなかった。なのに瑠璃に対して卑怯《ひきょう》な行動をとったのは、恐らく、また父への思いを拗《こじ》らせたことも大きかったはず。

最低の父のもとで苦しみ続けていることに同情はする。

けれど同時にいい加減、勝手が過ぎると腹が立つ。特に、瑠璃への仕打ちは、とてもじゃないが許せない。八つ当たりも甚《はなは》だしい。

「佐智穂が瑠璃を傷つけていい理由はひとつもない。ましてや彼女や彼女のご家族を下に見て釣り合わないだなんて……情けなくて吐き気がする。この家にそんな価値があると思っている佐智穂にも、父さんにも。もううんざりだ」

姉が絶句して、表情を失っている。口元に添えられた指先が細かに震《ふる》えているのがわかる。

彼女の心がどう動いているのかは、はっきりとわからない。

「言いたいことはそれだけか？　勝手な奴だ」

父が重々しく口を開く。そこに蔑《さげす》みの念が含まれていることには、すぐ気づいた。

「勝手なのはどっちだろうね？」

父と向かい合う位置に腰を下ろす。革張りのソファが耳障りな音を立てた。

「俺がここを出たときも、そのあとも……、あなたは言いましたよね。お前は死んだことにするって。金輪際《こんりんざい》この家と関わるな、この家の関係者面《づら》するなって」

「言葉の綾《あや》だろう。男のくせに小さいことを……」

「そんなの男も女も関係ないから。言葉の綾《あや》とか言ってて大丈夫なの。一言一句大切にしなきゃいけない政治家として、致命的じゃない」

「……お前、誰に向かって物を言っている」

部屋中に、父の怒りが充満する。佐智穂はあからさまに怯《おび》えを見せている。

「いつまでも好き勝手なことを言っていないで、家に戻れ。これが最後の通告だ」

「通告ね」

しらけた気持ちになって、わざと大きく息を吐いた。

子供の頃からそうだが、父とまともに会話が続いたことなど一度もない。

いつもいつも、意思を押しつけてくるばかりで、こちらに感情があることを理解しないのだ。

「俺の気持ちは変わらないよ。家に戻るつもりはない。仕事を変える気もない。瑠璃とも別れない」

「つまり、あの女がどうなってもいいと？」

結局、そういう話になるのか。

父は瑠璃を俺の弱みだと思っている。

瑠璃をどうにかすれば、俺が黙ってこの家に戻ってくると。

「父さんとはさ」

ポケットからスマホを取り出して、画面をタップする。

妙にすっきりした気持ちで、表示された記事を見つめた。

「多分、一生わかりあえないと思うよ。育ててくれたのは感謝してる。でも、俺の人生は俺のものだ。そこに情熱のない人間が、政治になんて関われるはずがない。なにより――」

スマホをテーブルに置く。父に、その内容がしっかり見えるように。

「瑠璃が側にいない毎日なんか、俺にとってなんの意味もない」

「……なんだ、これは」

表示されているのはネットの記事だ。

見出しは『政治家の息子、連日ＳＭクラブで大騒ぎ』。

添付されている写真には、店の中にいる俺がしっかりと写っている。

もちろん本当に通っているわけではない。

こちらから記者に頼んで写真を撮ってもらい、記事を捏造《ねつぞう》してもらったのだ。

記事には、後継者として名乗りを上げる予定になっている政治家の息子が、連日こういった場に出入りし散財していると、面白おかしく書かれている。

この写真と記事を見た人は、父という政治家自身にも嫌悪《けんお》を抱くだろう。

ネットが発達した今の時代に感謝しかない。つくづく便利な世の中になったものだ。こちらから簡単に情報を発信できるのだから。

「どういうことだ」

「そういうことだけど」

にっこり笑って言ってやると、激昂《げきこう》した父が俺のスマホをテーブルに叩きつけ怒号を飛ばす。

「お前の身辺は調査している。こんな報告はなかった」

「だろうね。行ったことないからね。最高のネガティブキャンペーンでしょ」

「こんなことをしてまで私を陥《おとし》れたいか」

額《ひたい》に脂汗を浮かべ、怒りに体を震《ふる》わせる父をじっと見つめる。

——もし、父を陥《おとし》れることが目的だとすれば。

なにも自分の名前を出す必要はなかった。父の周囲に対する振る舞いを記者に売ったり、または今回のように捏造《ねつぞう》したりしてもいい。きっと、もっと簡単だったはずだ。

けれどそうしなかったのは、父を社会的に抹殺《まっさつ》することが目的ではなかったから。

「違うよ。俺がどうしたいかは、散々言ってる。俺はあなたと同じ道には行かない」

一度出てしまったものを引っ込めることはできない。

たとえ元記事を消去したとしても、ネットには一生残り続ける。好奇の目に晒《さら》されるのは間違いないし、鞠哉さんには事前に伝えているとはいえ事務所に迷惑がかかるだろう。個人の仕事もなくなるかもしれない。

でも、それでも、父と同じく、他人を貶《おとし》めるような汚いやり方を選びたくなかった。

「晶斗……、どうしてこんなこと……っ。お父様にどれだけ迷惑がかかると思ってるの⁉」

嘆《なげ》き、泣き出した姉がいまだ、どうしてなんて言っているのが不思議だ。

姉が自分の時間を取り戻すには、きっと長い時間がかかるだろう。

不幸な家に生まれた哀《あわ》れみはなくならないが、姉が自分を取り戻すサポートをする気にはなれない。けれど——

「父さん。佐智穂はずっと苦しんでると思うよ」

父が眉を顰《ひそ》める。それがなんだと言わんばかりの態度に辟易《へきえき》しつつ話を続けた。

「洗脳まがいなことして佐智穂をこの家に縛りつけるのも、女だからって理由で難癖《なんくせ》つけるのもやめたら。そのせいで俺や春生にとばっちりがきてるのも、わかってないでしょ？　まぁ、あなたはそんなこと気にもしないだろうけど、いい加減どうにかしてよと思ってるよ。いい年して、なんなんだってね」

ソファから立ち上がり、画面が粉々になってしまったスマホを拾う。

電源は入るだろうか。ここを出たらすぐに瑠璃の声が聞きたいのに。

「佐智穂も。この人に縋《すが》っているだけじゃ、なにも変わらない。自分でもわかってるだろ」

泣き腫《は》らした目を見開いて、佐智穂がその場に崩れ落ちる。

それを呆然《ぼうぜん》と眺《なが》めている父をちらりと流し見て、その横顔に語りかけた。

「もう俺に期待しないでね、父さん。今度こそ、一生勘当《かんどう》して下さいよ」

思っていたよりも間の抜けた声に自分で苦笑して、家を出る。

すぐさまスマホを操作したものの電源は入らない。あれだけの衝撃を受けたのだから無理もないだろう。

——とりあえず、家へ帰ろう。

マンションで待っている瑠璃に、全部終わったよと伝えてもう一度きちんと謝る。

それから瑠璃を思い切り抱きしめて、朝まで離さない。

幸せな予定に薄い笑みを浮かべながら、二度と戻ることのない生家《せいか》に背を向けて歩き出す。

すると、看板の中でにこやかに笑んでいる父と目があった。

『誰もが安心して生活できる社会を！　平等な社会を！』

青い文字で書かれたキャッチフレーズに肩を竦《すく》めて通り過ぎる。

「嘘つきだなぁ」

吐き出した声は、しんと静まった街にやけに大きく響いた。

18

羽角さんが、ご家族と話し合いをするため実家へ向かって二時間ほど。

私は彼の部屋で時計の針を追いかけながら、羽角さんの帰りを待ちわびていた。

時間の進みが異様に遅く感じられる。

私が彼の実家へ出向いたとき、羽角さんもこんな気持ちで私を待っていたのかもしれない。

終わったらすぐに連絡するね、と言われているが、まだスマホは鳴らない。

いてもたってもいられなくなり、駅まで行ってみようと支度《したく》を始めたとき、玄関の扉が開く音がした。

手にしていたスマホとバッグを放り投げて玄関へ向かう。

「羽角さん！」

「ただいま」

にこやかに両手を広げた彼に、私はなんの遠慮もなく飛びついた。

「連絡できなくてごめんね。ちょっとアクシデントがあって、スマホが壊れちゃって」

言いながら見せてくれた彼のスマホは画面が無残に割れていた。

まるで意図的に衝撃を与えられたかのように、画面中央に白く細かい線が集中している。

落として割れただけなら、とてもこうはならないはずだ。

「だ、大丈夫ですか。なにかありました……？」

「うん、平気。父が激昂《げきこう》してね」

激昂《げきこう》。つまり、羽角さんのお父さんがスマホを壊したということだろう。

彼は飄々《ひょうひょう》としているが、話し合いがどうなったのか不安が募《つの》る。

「迷惑をかけて……心配させてごめん。全部終わったよ。これでもう、父に家へ戻れと言われることはない。父との縁は……切れたと思う。二度と会うこともないかな。残念ながら血の繋がりまでは、なくせないけど」

「そう……ですか」

穏やかに微笑《ほほえ》む彼に、どう声をかけていいのかわからない。

あの家と縁を切りたい——そう、彼は確固たる意思を持っていた。その望みは叶ったわけだ。

そしてそれは、家族との永遠の別れを意味することになる。

お父さんとの血の繋がりをなくせないこと、それを残念だと言ったのは羽角さんの本心だと思う。

きっと本当に、もうお父さんと会うつもりはないのだろう。

「あの、お姉さんとは……」

今後、どうするつもりなのだろう。

彼とお父さんの仲には、元々回復し難《がた》い深い溝《みぞ》があった。

では、お姉さんとの仲は？

詳しく聞いていないが、そちらが拗《こじ》れたのは私のことが原因なのではないだろうか。

「佐智穂とも……もう連絡をとるつもりはないよ」

ぽつりと、彼が呟《つぶや》く。

「で、でも……」

佐智穂さんは、現時点で彼と私の仲を認めてくれてはいない。

けれど彼の仕事に対してはきっと、お父さんよりは理解があるはずなのだ。あの分厚い資料を一緒に見てくれたのだから。羽角さんが仕事を愛しているのは、わかったと言っていた。

彼とお姉さんとの仲と、私のことを認めてもらえないこと。それはまた別の問題だ。

「羽角さんが、お姉さんともう連絡を取りたくないと言うのなら、とやかく言いません。でも、私のことでなにか、羽角さんが気にされているなら……お願いだからそれは……」

そして私はこのタイミングで、資料を作って彼女にプレゼンしたことと、彼女の反応を打ち明けてみた。

「プレゼン……？　プレゼンをしたの？　佐智穂に？」

改めて言われると恥《は》ずかしくなってしまい、俯《うつむ》いて小さく頷く。

「そっか、まさかそこまでしてくれてたなんて……」

瑠璃はすごいな、と弾《はず》んだ声で言われ、きつく抱きしめられる。

「瑠璃の気持ちはわかったよ。あんなことがあったのに……ありがとう。でも俺は、どうしても佐智穂のしたことを許す気になれないんだ。でも、そうだな……。それを瑠璃が気にするなら、もし今後連絡がきたときには、話を聞くくらいはしてみるよ」

それでいい？　と顔を覗《のぞ》き込まれて、頭を上下に振った。

「ねぇ、瑠璃。ちょっと出かけない？」

「え……。い、今からですか」

うん、と朗《ほが》らかに頷いた彼に手を引かれ、靴を履《は》くように促《うなが》される。

さすがに手ぶらではと、急いでバッグだけを腕に引っかけ、彼の部屋を出た。

車で向かった先は、有名なシティホテルだった。

まっすぐエレベーターに向かう彼の横を歩きながら、どうしてこうなったと目をしばたたかせてしまう。こんな豪奢《ごうしゃ》なホテルに入ったのは初めてで、条件反射のように強張《こわば》った頬を、エレベーターの中で羽角さんに撫《な》でられた。

部屋につくと、ロビーとは全く違う雰囲気のアンティークなソファやカウチがあり、絨毯《じゅうたん》や壁紙は温かみのあるごく薄いピンク色。全体的にヨーロッパ風な印象だった。どこかにお姫様が隠れているのではと想像してしまうくらい、かわいい部屋だ。

「すごい……かわいい部屋ですね……」

「瑠璃が好きそうだなって」

わざわざ部屋を取った理由を尋ねると、彼は言い辛そうに肩を竦《すく》めた。

「やっと全部片づいたお祝い……って言ったら変だけど。瑠璃に散々迷惑をかけたから、なにかお詫《わ》びをしたかったんだ。でも、緊張させてる？　家のほうがよかったら、すぐに帰ろう」

「えっ、いえ、そんなことないです。緊張は……すみません、その、こういうホテルに入ったことがなかったのでドキドキしちゃって」

美咲や妹と旅行に行ったことはあるが、目当てが大好きな温泉なので宿泊先は旅館が多い。ホテルだったとしても、だいたいがこぢんまりしているけれど寛《くつろ》げるような、和テイストのホテルだ。

「ただ単に洋の雰囲気にびびってしまっているだけなので、あの、すみません……！　かわいくて、素敵です、本当に」

洋って、と彼が笑う。じゃあ今夜はここに泊まってもいい？　という問いかけには、もちろん頷いた。

「あ、と。部屋の中、見てきてもいいですか？」

コートを脱ぎながら聞いてみる。

「探検だね」

羽角さんは嬉しそうに目を細めた。

ベッドルーム、テラス、衝立《ついた》てで区切られた奥には小さなバーカウンター。どこもかしこも装飾品まで愛らしい。部屋全体として考えると相当広いのだろう。けれど、ベッドルームが独立していたり、メインの部屋も衝立《ついた》てで区切られていたりと、それぞれの空間で見ると羽角さんの部屋のような身が竦《すく》むほどの広さを感じることはない。かわいい、かわいいと呑気《のんき》に連発しているうちに少しずつ緊張が解《ほぐ》れていった。

ベッドルームではスプリングを確かめるようにお尻を弾ませて、テラスからは見事な夜景を眺《なが》めた。それから、お腹がぺこぺこだから一杯だけと笑い合い、ワインで乾杯をする。

バスルームには夜景を一望できる大きな窓があり、シャワー室はガラス張り。浴槽は円形で琥珀《こはく》色《いろ》だ。形や大きさは羽角さんの家のソファとよく似ていた。

「浴槽の色が綺麗《きれい》ですね。お湯を張ったら、また違う感じになるのかな」

「どうだろうね。溜めてみようか」

彼が浴室のコックを捻《ひね》る。浴槽の中へ流れ込んでいくお湯を眺《なが》めながら、なんとなくその場にしゃがみ込んだ。琥珀色《こはくいろ》に透ける飛沫《しぶき》。連続して上がり続ける水の玉を見ていると、うしろに立っていた羽角さんに肩を抱かれる。

「ありがとう、瑠璃」

ぎゅっと腕を抱き返すと、もっと強く抱かれる。飛沫《しぶき》より羽角さんの顔が見たい。腰を捻《ひね》って向きを変え、首元に手を回し直す。

「俺と……一緒にいてくれて」

なんだか羽角さんらしくない言葉だと思った。でも、嬉しかった。こちらこそと耳元で囁《ささや》くと息が止まるかと思うほど強い抱擁《ほうよう》を受ける。慌てて背を叩き、痛い、苦しいとアピールする。

「もう……、痛いですよ」

「ごめん。……ああもう、かわいい」

「……えっ⁉」

「ん？　どうしてそんなに驚いた？」

「だ、だって痛いって言ったら、かわいいって言うから……！」

「心外だなぁ。俺は瑠璃の恥《は》ずかしがってる顔と気持ちいいって泣いてる顔は大好きだけど、痛がっている姿を見て興奮したことはないよ」

察しがよすぎる彼に肩を揺らしつつ、卑猥《ひわい》な言い方には慌ててそっぽを向いた。

でもよかった、痛いのも好きだよね？　とか聞かれたら、どうしようかと思った。

「こら。また失礼なこと考えてない？」

「ない。ないです。ないない」

「本当かな」

上品に笑いながら唇を寄せた彼に、触れるだけのキスをされる。

いつの間にか、もうもうと立ち込めている湯気《ゆげ》と、水の音。少しの物音も拾って反響させる浴室の中で、愛の言葉を聞く。愛しているよ、と。柔《やわ》らかな美貌《びぼう》と甘い声に背が震《ふる》えた。

顔を離し、少し肩を引いた彼が、意を決した様子で口を開く。

「俺と結婚してくれますか？」

それは、あのとき戸惑《とまど》ってしまった言葉。

今度は喜びだけで、彼の声をしっかり耳に刻んだ。

「はい。末長く、よろしくお願いします」


部屋で食事をとり、珍しく二人でお酒を飲んでから——買い物に行こうと誘われて部屋を出る。

聞けば、ホテル内にショップがあるのだと言う。お土産屋《みやげ》さんのような場所があるのだろうか、と思いつつエレベーターに乗り目的の階へ降りた。

「お、お土産屋《みやげ》さんでは……ないんですね」

例えるならば、デパートのコスメカウンターだ。黒いスーツを着た女性が、ゆったりと微笑《ほほえ》む煌《きら》びやかな売り場。

ほんの少し尻込みしたものの、どうしても必要なものがあるので、きらきらの中へ飛び込んだ。

というのも、考えてみたら手ぶらで来ているので下着の一枚も持っていなかったのだ。服はこのままでいいとしても、下着だけは確保しないとまずい。

ランジェリーを販売している場所を探し、なんとか品物を手にいれる。あとは俯《うつむ》きがちに早歩きで、そそくさと彼のもとへ戻った。

一人で買い物をさせてもらえて本当によかった。さすがに羽角さんと一緒に下着を選ぶなんてハードルの高すぎること、できる気がしない。

彼との攻防を展開することになったのは、その後、部屋に戻ってからだ。

お風呂に入る際「一緒に入る？」と艶《つや》っぽく迫ってくる彼と、しばらくの間半泣きで押し問答を続けた。

買い物のときのようにあっさりとは行かず、しかしなんとかかわして先にバスルームを使ってもらい、交代で自分もシャワーを浴びる。

なんだかんだ、羽角さんに対しては自分の意見を押し通しているなぁと、つむじを掻《か》きながら考えて変な気分になった。わがままも大概《たいがい》にしようと自戒《じかい》しつつ体を流す。

浴槽に足し湯をしてのんびり体を温めたり、バスローブに初めて腕を通して妙な羞恥《しゅうち》を抱いたり、高級コスメのアメニティを手に取り――化粧水からボディクリームまで恐る恐る使用してみたり。

いつもより時間をかけてすべてを済ませ部屋に戻ると、彼は室内のバーカウンターにいた。

「おかえり」

軽く腕を組み、少しだけカウンターに体重をかけるようにして、立ったままグラスを手にしている。私と同じバスローブを着用しているはずなのに、素材から違って見えるのは目の錯覚《さっかく》だろうか。

なんかもう全部様《さま》になりますねと思ったとおりのことを述べると、不精して立ったまま飲んでるだけだよと、羽角さんは困ったように笑った。

「瑠璃もなにか飲む？」

軽く首を横に振りながら、スツールに浅く腰をかけてみる。

バーなんて行ったことがないから少々大人な気分だ。

……年齢としては立派な大人だが、精神的に、という意味合いで。

こちらを見ている彼に座り方が合っているか尋ねると、小気味いい音を立ててグラスがカウンターに置かれる。

「座り方は適当でいいんじゃないかな。でも」

羽角さんが私の真横に立つ。

隣を見上げつつ先の言葉を待ったが、目が合った途端《とたん》、彼はその場にしゃがみ込んで片膝《かたひざ》をついた。

「その恰好《かっこう》だと……瑠璃の綺麗《きれい》な足が見える」

言いながら私の足に触れてくる。はだけてしまっていたバスローブから覗《のぞ》く足に、彼の指が這《は》う。

驚いて腰を浮かせスツールから立ち上がるも、羽角さんの指は離れていかない。

「羽角さんっ、ん……っ」

膝《ひざ》の少し上。腿《もも》の内側に、羽角さんの唇がくっつく。バスローブの中に手が入って、左足を抱えられた。腰のあたりでカウンターに寄り掛かるも、不安定な体勢はそのままだ。

ちゅ、ちゅ、と音がするたび、少しずつ彼の頭は下がっていく。

「や……！」

足首に軽く歯を立てられる。吸っては舐《な》めて跡を残していく様《さま》は、恥《は》ずかしくて目にしているのも辛い。なのに視線を外せない。こんなの矛盾している。

左足をもぞもぞと動かすと、すっと背を伸ばした彼に右足の付け根を舐《ねぶ》られる。

思いもしない刺激に、悲鳴のような声を上げてしまった。

すると、羽角さんは手を放しぱっと顔を上げ、右の内腿《うちもも》に頬をつけて甘く微笑《ほほえ》んだ。そこの弾力を楽しむように頬擦《ほおず》りをする。大した弾力があるとも思えないのに、そんなところで本気で楽しそうにしているのだ。

「まっ、て」

手を伸ばして彼の髪に触れる。そこからどいて欲しくて伸ばした手は、簡単に捕まった。

情欲的に開いた彼の口の中に、私の人差し指が入っていってしまう。

さわさわと外側から太腿《ふともも》を撫《な》でられ、指を咥《くわ》えられ、内腿《うちもも》にはいやらしく頬擦《ほおず》りをされ、よくわからないうちに始まっていた行為に、羞恥《しゅうち》を煽《あお》られる。

「どこもかしこも、綺麗《きれい》な形」

ちゅぽ、と音を立てて口を離した彼が、吐息をたっぷり含んだ声で囁《ささや》いてくる。

「そ、んなこと、羽角さん以外に言われたことありません」

涙目で言い返すと、「爪の形も」と指の爪にキスをされた。

「瑠璃は体中どのパーツも全部綺麗《きれい》だよ。好きすぎて目が眩《くら》む」

どのパーツも好き、というのは、彼が以前からよく口にしていることだ。

しかし形が綺麗《きれい》だと言われても、よくわからない。

本当に彼以外にそんなこと言われてはいないし、かなりマニアックな好かれ方なので毎回反応に困る。

本気であるとわかるから余計に。

「瑠璃のすべてに触れるのを許されているんだと思うと……たまらない。全部に俺の跡をつけて、自分のものだって主張したいくらいだ」

「っ、いつもしてるじゃないですか……！」

それはしていない人の言い方だと言い返すと、彼がまた内腿《うちもも》にキスをする。

「……確かに、そうだね。瑠璃がこんなところにキスを許す相手は、俺だけだ」

断定しているくせに、同時に同意を求めるようにこちらを窺《うかが》ってくる。

そんなわかりきったことに、おずおず頷いている自分が本気で恥《は》ずかしい。

なのに、こうして独占欲を剥《む》き出しにされるのは嬉しいのだから複雑だ。顔が熱い。彼に取られているのとは逆の手で、自分の頬を擦《こす》った。

「顎《あご》のラインも……」

「もういいです」

照れ隠しの行動で、さらに照れるようなことを言われたらキリがない。

「は、羽角さんだって、その……だめですよ。他の人とそういう……」

見切り発車で口を開いたものの、先が続かない。さっと顔を逸《そ》らして唇を引き結んだ。

「……なに？　瑠璃、教えて」

彼はなにかに弾《はじ》かれたように立ち上がった。途端《とたん》にぐっと眉根が寄り、その下の美しい瞳が不安に揺れている。

「佐智穂に、他にもなにか言われてるの？」

「えっ？　ち、違います！　全然、言われてません！」

「本当に？　隠さないで教えてね」

本当です、と身振り手振りを交えて伝える。すると、「ならよかった」と呟《つぶや》いた彼が、少し安心したように肩を下げた。

私が中途半端な言い方をしたせいで、いらぬ心配をさせてしまったのだろう。

言い方がきっかけで誤解を与えるなど、これでは佐智穂さんのときの二の舞だ。

「すみません、恥《は》ずかしかっただけです。新たになにか突きつけられたとか、そういうことじゃありません。本当です」

「恥《は》ずかしかっただけ？」

恥《は》ずかしかっただけです、と同じ言葉を返し、理由を説明しようと息を吸い込む。

――しかし、それは音になることなく羽角さんに呑み込まれてしまった。

「ん、んん……っ」

両手で頬を包まれ、まるで貪《むさぼ》るような激しいキスを受ける。ねじ込むように割り込んできた舌が、荒々しく、けれど滑《なめ》らかに私の口腔《こうこう》内を蠢《うごめ》く。ぎゅっと目を閉じて彼の手首に指を添えた。すると彼が顔を傾け、もっと深く濃厚に舌を絡めてくる。

私も、自《みずか》ら口を開けて舌を伸ばす。そのキスへ応《こた》えるように、彼の舌を舐《な》め上げ舌先を吸う。唇を食《は》まれたときは、彼の唇を食《は》んで淫《みだ》らな水音を鳴らした。

先に唇を離したのは、彼のほうだった。長く感じたキスが終わり、少しだけ名残《なごり》惜しく感じる。

「恥《は》ずかしくて言えないようなことを、言おうとしてたんだ。俺と、他の誰かのことで」

長いキスで惚《ほう》けかけている頭を必死に上下させ、何度も頷く。

「それは嬉しいな」

耳元で聞こえた明るい声にわけがわからなくなり、うん？　と怪訝《けげん》な声を上げてしまう。

「瑠璃が悲しい思いをしてるわけじゃなくて、しかも〝恥《は》ずかしい〟って思う種類のことなら大歓迎ってこと」

おいで、と体を持ち上げられベッドルームに連れていかれる。彼はその部屋の電気をつけると、すぐさま私のバスローブを脱がしにかかった。

「嫉妬《しっと》してくれたんでしょう」

私の着ていたバスローブが絨毯《じゅうたん》に落下する。先ほど買ったばかりの下着のみ身に着けた状態でベッドへと押し倒された。

「瑠璃を無駄に不安にさせるのは絶対に嫌だけど、そうやって妬《や》いてくれるのはちょっと嬉しい」

喜んでごめんね、と言いながらブラごと胸を揉《も》まれる。

嬉しそうにこちらを見下ろしてくる彼は、まるで子供のようだ。本当に、様々な顔を持っている人。

「ど、どうして……嬉しいんですか」

「ん？　だって嬉しいから」

妬《や》かれるのが嬉しいという感覚は自分にないものなので聞いてみたものの、はっきりとした答えは返ってこない。

ブラの上から、彼の指が胸に触れる。下から持ち上げるように揉《も》みしだかれると、じっとしていられなくて腰が浮いてしまう。

「ん……っ」

彼の右手がすっと私の背に回り、ブラのホックを外す。

ゆっくりと肩紐を引かれ、ささやかな胸が彼に晒《さら》されてしまう。明るい光の下で体を見られることは、何度経験しても慣れそうにない。

「恥《は》ずかしい？」

心情を言い当てられて余計に恥《は》ずかしくなる。こくこくと頷いて顔を背《そむ》けた。

「じゃあ、隠していいよ」

くすくすと小さな笑い声を漏らしながら、羽角さんが私の両手を取る。

導《みちび》かれた先は自身の胸の上。両方の胸を掌《てのひら》で覆《おお》うように置かれ、その上に羽角さんの手がやってくる。二つの膨《ふく》らみをぐっと中央へ寄せるように動かされ、これでは隠しているというよりは強調しているみたいだ。

羽角さんは自身の手をどかすと、私の腰の下に差し入れてそこを強く抱いた。そして自然と背を反ることになった私に、かわいいと囁《ささや》いてくる。

「も、う……っ、どこが」

全部だよ、と言いながら彼の背が丸まっていく。

胸と指をいっぺんに舐《な》められて、手から力が抜けた。

「ちゃんと隠してて」

そう言うくせに、私の指を少しどけて胸の先を舌で扱《しご》き始める。

指の股と、その間からツンと主張するそこが彼の唾液《だえき》に濡れていく。

もう片方も胸と指を一緒に愛撫《あいぶ》をしてくるものだから、堪《こら》えようとしても口から喘《あえ》ぎ声が零《こぼ》れてしまう。

はぁ、と熱い息を吐いて、彼が顔を上げた。

私の人差し指と中指、そしてその間に挟まれている胸の先をうっとりと指の腹で撫《な》でてくる。

言葉はなくとも、羽角さんが興奮しているのが手に取るようにわかった。パーツがどうのと考えているのも。

「羽角さん、そういう……フェチっぽいところ、ありますよね」

「うん。あるね。瑠璃のパーツフェチ。今頃気づいた？」

「ま、前から知ってます……」

彼の興奮が伝わると、私の体の熱も上がっていく。いつもそうだ。熱情に絡めとられて、伝染して、訳がわからなくなる。

私の胸をいじりながら、羽角さんが反対の手で自身のバスローブの紐を解《ほど》く。あわせが開き、そこから白い肌が覗《のぞ》いた。綺麗《きれい》だな、とじっと見つめていると、その下の――窮屈《きゅうくつ》そうに下着の布を押し上げている昂《たか》ぶりが目に入る。

よせばいいのに、見てしまう。視線が貼りついてしまって離せない。

「どうした？」

羽角さんはこういう瞬間を絶対に逃《のが》してくれない。

からかうような声と共に、手を取られる。

「ここ、気になる？」

導《みちび》かれるまま、下着越しに昂《たか》ぶりへと触れた。

彼の指は添えられたままだが、それ以上動くことはなくじっとしている。

布越しでもわかる熱と、柔《やわ》らかいのに硬い感触。

「瑠璃、こっちに来て」

背を起こされ、膝《ひざ》でシーツを踏んでいる彼の前に体を動かす。

バスローブを羽織《はお》ったまま下着をずり下げる彼の仕草は、官能的でありながらやっぱり上品だ。

どうしてそう感じるのか正しい理由はよくわからない。

でも優雅《ゆうが》で、美しくて、それが私にはたまらない。

「触っても……いいです、か」

もう触っているくせに、吐息さえも紅潮《こうちょう》させているような心地で羽角さんを見上げる。

彼は無言で頷くと、私の手に添えていた指を放した。

硬く勃ち上がっている昂《たか》ぶりを、左手の指先で撫《な》でてみる。

それから根本を軽く握り、ゆっくりと上下に扱《しご》く。

「痛くない？」

問いかけると、羽角さんは唇の端《はし》を上げて「痛くないよ」と言った。

鈴口から溢《あふ》れている色のない液体に、反対の手を這《は》わせる。

右手の指でその液体を掬《すく》い上げ塗り広げるように動かすと、天を向いているそこがどくどくと脈を打った。

「それ……たまらない……」

息を詰めては、その合間に吐息と声を絞り出す。気持ちよさそうに首を捻《ひね》り、恍惚《こうこつ》の眼差《まなざ》しでこちらを見下ろしてくる。

「瑠璃の指全部が、俺のに絡みついてる」

私の髪に、彼が指を差し入れる。

愛おしそうに撫《な》でられると、そんなところに法悦《ほうえつ》を覚えられてもよくわからないと思っているのに心が高ぶる。

わざと指をまとわりつかせたまま、あ、と口を開いて昂《たか》ぶりの先にキスをする。

予想外だったのか、羽角さんはわずかに腰を引いた。

舌を伸ばし昂《たか》ぶりを追いかけ、鈴口に押しつけて小さく揺する。

そのたびに、そこがぴくぴくと反応するのが嬉しい。

「瑠璃……こっち、向いて」

その言葉は聞き流した。こんな状態のまま顔なんて上げられやしない。

なのに、私の髪に触れていた彼の指がするすると下りてきて顎《あご》を持ち上げてくる。

上を向かされたことで、ちゅぽ、と音を立てて昂《たか》ぶりの先端が口から離れた。

「俺のこと見て」

ふるふる。涙を湛《たた》えながら目をうろうろさせ、首を横に振った。

「もう、またそういう顔して……」

いつにない低い声で彼がそう呟《つぶや》いた瞬間。

腕の中へと囲われ、啄《ついば》むようなキスを受けた。

胸の下、腰のくびれ、下腹。満遍《まんべん》なく触れながら大きな掌《てのひら》が下がっていく。

「足、開いて」

唇を離した彼にするするとショーツを脱がされ、膝《ひざ》に手をかけられる。

目の奥が熱い。腰を捻《ひね》って横を向いた。

「あれ、そっち向いちゃうの？」

ぐっと体を前に出した羽角さんが、私の腰を優しく掴《つか》んで向きを変える。

誘導されるがままうつぶせになると、臀部《でんぶ》をくにゅくにゅと揉《も》まれながら引っ張り上げられてしまう。抵抗するべく羽角さんの腕に指を伸ばすが、余裕のない笑顔にかわされるだけだ。背を反らせて腰を浮かせたまま、秘所に彼が顔を埋《うず》める姿を目睹《もくと》する。

膣口を舌が這《は》った瞬間、体中に強い痺《しび》れが走った。

「あっ、あぁあ……っ」

こんな体勢で、そんなところを舐《な》められるのは恥《は》ずかしい。でも、気持ちいい。

馬鹿のひとつ覚えの如《ごと》く、いつもと同じように羞恥《しゅうち》と快感を掛け算して享受《きょうじゅ》する。

温かく柔《やわ》らかな舌がそこで抽送《ちゅうそう》を開始すると、腰がくねくねと動いてしまってどうしようもない。

尻たぶ、足の付け根、内腿《うちもも》、ふくらはぎ。ぐりぐりと舌を動かしながら、下半身の肌の上を、彼の熱い掌《てのひら》が滑《すべ》っていく。

かと思えば片手が気まぐれに蕾《つぼみ》を摘《つ》まんで、くにゅくにゅ揺らしてくる。

あちこち一気に官能を与えられ、目の端《はし》に涙を溜めながら嬌声《きょうせい》を上げる。

器用にも程がある指の動きに降参するべく「だめ」と声を発しても、どの動きも止まってくれない。どころか、膣から溢《あふ》れだした体液をじゅるじゅると吸われてしまう。

「はっ、ん……っ、あ、あぁっ」

下腹からせり上がってきた快感が一直線につむじのあたりまで飛んでいく感覚。シーツを握りしめていた手が脱力し、体が細かく震《ふる》える。突然やってきた絶頂感に呆然《ぼうぜん》としつつ、余韻《よいん》に肩を震《ふる》わせた。

すると、へたった腰に手がかかる。

秘所に押し当てられたのは熱く硬い昂《たか》ぶりだ。

「ごめん……、入らせて」

彼が零《こぼ》した熱っぽい吐息に胸がきゅんと疼《うず》いた。

「っ、ぁあ……ッ！」

性急に押し入ってきた彼の昂《たか》ぶりが一気に奥まで進む。指で慣らされていないせいか、まるでそこをこじ開けられるような熱を覚えた。

そうすると、突き入れられているのだと深く実感したりして、おかしな気持ちになる。

それは焦らしに焦らされるのとはまた違う快感。余裕のない彼の声や息遣いに、体の熱が上がる。

「瑠璃……っ」

切なげな囁《ささや》きを耳にした直後、信じられないほど激しく荒々しい律動《りつどう》が始まった。

肌と肌のぶつかる乾いた音が、ひっきりなしに聞こえる。

とても体を支えていられず、シーツの上に崩れ落ちた。

内壁を昂《たか》ぶりの先でめちゃくちゃに擦《こす》られると、頭の中が真っ白になるほどの苛烈な快感に支配される。

「やぁあっ、あっ、んんっ……！」

腰を持っていた手が前に回り、両方の胸をぎゅっと鷲掴《わしづか》みにする。

人差し指と親指で胸の先を捏《こ》ねるようにいじられて、中を激しく出入りしている昂《たか》ぶりをぎゅうぎゅうに締めつけてしまう。

「そんなに締めつけないで……もうイきそう」

直接的な言葉には、力の入らない腰をなんとか振ることで応《こた》えた。

散々焦らされることを覚えてしまっているせいだろうか。

いつもとは違う衝動的な交わりが、また違った種類の強烈な快感と絶頂感を連れてくる。

「愛してるよ、瑠璃……っ」

体中が満たされていく感覚の中で、一際《ひときわ》大きな絶頂の波に乗る。

直後、彼は喉の奥から絞り出すような熱の籠《こも》った息を吐いた。

抽送《ちゅうそう》が止まり、これ以上進めないというほど深いところで膜《まく》越しに精が放たれる。そのわずかな振動にも性懲《しょうこ》りもなく喘《あえ》いで、髪を振り乱した。

「瑠璃……ずっと一緒にいて」

繋がったまま優しく顎《あご》を掴《つか》まれ、唇が重なる。頷きながら口を開いて彼の唇を食《は》んだ。お互いに呼吸すら整わないまま、溺れるようなキスを交わす。

まるで頭の中に淡い色のもやがかかっているよう。その中で彼の手を探し、腕を伸ばす。ぎゅっと握り返してくれた手を、想いを込めてしっかりと繋ぐ。

——私はこの手を絶対に放したくない。なにがあっても、誰に蔑《さげす》まれても、似合わないと揶揄《やゆ》されても絶対に。

ここまでの強い気持ちが自分の中にあること、それはいまだに不思議だし照れくさい気もする。日に日に育っていく愛情には終わりがなくて、どこに辿《たど》り着いてしまうのかと思うこともある。元々感情にブレーキをかけがちな私が、それでも愛しくて愛しくてたまらない人。この先の時間をずっと一緒に歩んでいきたいと思う人。

未来のことはわからない。けれど今は、そんなふうに考えるのは彼以外にありえないと思っている。

「羽角さん」

唇をくっつけたまま「大好きです」と囁《ささや》いた。

「ありがとう。俺も」

大好きだよ。肩と腰を掻《か》き抱かれながら何度も、その言葉を耳にする。

ぴったりとくっつけない体勢に焦《じ》れて、体の向きを変えた。

羽角さんの首に腕を回し、自《みずか》ら唇を押しつけ——私は譫言《うわごと》のように、好きだと呟《つぶや》き続けた。

19

「いいところだね。瑠璃はここで育ったんだ。羨《うらや》ましいな」

見渡す限り田畑の広がる実家近くの風景。

視線を少し上げると青々とした山が視界に入り、耳をすませば小川のせせらぎが聞こえてくる。

躊躇《ちゅうちょ》なくど田舎と言えるが、私にとっては心からリラックスできる大好きな場所だ。

羽角さんには少々ミスマッチな気がするものの、そう言ってもらえるのは素直に嬉しかった。

五月。ゴールデンウィークを利用して、私は初めて彼を実家へと案内した。

今回はただ帰省をするわけではない。家族に結婚の報告をしにきたのだ。

「今の時季、夜はカエルが大合唱するんです。羽角さんの鼓膜が悲鳴を上げると思います」

繋いだ手を軽く振りながらそう言うと、羽角さんは「カエルの合唱か」と笑った。

合唱ではなく大合唱だと目に力を込めて訂正する。彼は少し伸びた黒い髪を耳にかけながら、楽しみだなと呟《つぶや》いた。

実家に到着し「ここです」と掌《てのひら》を向けると、羽角さんが途端《とたん》に目を輝かせる。

「素敵な建物だね。瑠璃のご家族がこの家を大切にしているのが伝わってくる」

こんなに広いのに手入れが行き届いていてすごいな、と感心しながら外観をじっと見つめている。

築年数や広さなどについて質問されたので、この家は耐震リフォームなどはしているものの昭和三十年代に建てられた家で、広さはよくわからんと答えた。

「あらっ、いらっしゃい」

来たわよー！　と家の中に叫びながら、母が玄関から出てくる。

そのうちどたどたと騒がしい音が聞こえてきて、実家に帰ってきたことを実感した。

「初めまして。羽角晶斗と申します」

完璧に美しい微笑《ほほえ》みとお辞儀を披露《ひろう》した彼に対し、母は口をあんぐりと開けてぽかんとした。

そういう反応をするであろうことはわかっていたが、あからさますぎだ。苦笑してしまう。

「瑠璃さんとお付き合いさせていただ……」

「えっ、え、ちょっとどうしよう！　綺麗《きれい》な人だとは聞いてたけど、どうせ彼氏補正がかかっての評価だと思ってたから、ここまで精巧な顔の作りの人が来ると思わなかった！　やだもう瑠璃、ちゃんと言ってよ！　お母さんすっぴんすっぴん！」

「……うん、とりあえず話は最後まで聞こうよ、お母さん……。あと、客人の顔面レベルに合わせて自分の装《よそお》いを決めてることを暴露《ばくろ》しないで……死ぬほど失礼だから……」

ぷはっ、と噴き出す声が聞こえる。彼らしくない笑い方に驚いてそちらを向くと、羽角さんは肩を揺らして笑っていた。

やんややんやと賑《にぎ》やかな母と、明るく笑い続けている羽角さんを引っ張り玄関をくぐる。中に入ると、残りの家族が玄関奥の柱の陰からひょっこりと顔を出しているのが見えた。縦に三人並んで、じぃっとこちらを凝視《ぎょうし》している。上から父、妹、祖母である。

もじもじしている家族にげんなりしつつ彼に紹介すると、彼はさらに破顔してしまって収拾がつかない。

「もうっ、ちょっとみんな落ち着いて！　あと、ちゃんとしてっ！　羽角さんも笑いすぎです！」

居間に入り、化粧をしに二階へ上がろうとする母を捕まえてお茶の用意を頼む。

父はもじもじしつつも、羽角さんになんとか話しかけているようだ。

大学生の妹と祖母は揃《そろ》って口を半開きにし、その上なぜか腕を組んで座っている。

「璃菜、お菓子出すから手伝ってくれる？」

私が妹を手招きすると、大人しく立ち上がって台所へ付いてくる。通常時は母と張るほどうるさいのに、借りてきた猫のよう。調子が狂う。

「もう、せめて璃菜だけは普通にしててよ……」

「だってお姉ちゃん、事件だよ。水原家に大事件発生だよ。なに、あのきらきらした人、東京怖い」

地方都市の大学に通っている妹が、私の服の袖《そで》を掴《つか》んで熱弁してくる。

「あの人、東京の中でも格別にきらきらだから安心して下さい。東京怖くない」

落ち着かせるためにそう返したのに、「エセ東京もんがのろけた！」と叫ばれた。借りてきた猫の時間が短すぎて笑った。

妹と母を宥《なだ》めつつお茶とお菓子を運び、なんとか全員が着席する。

「瑠璃はご実家だとお姉さんぽいね。いいな、知れて嬉しい」

「この家族の中だと、大してしっかりしていない私でも、ちゃんとお姉ちゃんしないといけなくなるんです……。今日は全員なんとなく大人しいからまだましですけど、普段は常に大惨事《だいさんじ》なので」

「動物園ね」

「そう、動物園です」

声を潜《ひそ》めて話していると、祖母がにやにやしながらこちらを指差しつつ、妹に肘打《ひじ》ちしているのが見えた。その反応といったらまるで小学生のようだ。七十超えてるのに。

突然座布団から下りた羽角さんが、スーツの襟《えり》を正しネクタイを直す。

それから、家族に向かって深く頭を下げた。

「瑠璃さんと結婚させて頂きたく、ご挨拶《あいさつ》に参りました」

母は座ったまま小躍《こおど》りし、父はもじもじしつつも頷いている。

自己紹介のためだろうか、羽角さんが自身の仕事について説明する。

彼が話すたびに、家族全員が「オシャレだ」と本気で感心しながら口を挟んだ。

役職は違えど一応私も同じ職についているのだが、そんなことは一度も言われたことがない。

「うちの人たち、褒《ほ》め言葉の最上級が〝オシャレ〟なんです」とこっそり耳打ちすると、羽角さんは柔《やわ》らかく目を細めて、極上の美貌《びぼう》を惜しげなく振りまいた。

それだけで空間が煌《きら》めいたのは気のせいではないだろう。

「とっ、とにかく食費のかかる娘ですが、なにとぞ、なにとぞよろしくお願いいたします……！米は定期的にお送りしますのでっ、なにとぞ！」

年貢《ねんぐ》の約束をする農民のようなことを口にした父が、畳に額《ひたい》をつけて頭を下げる。

「機嫌の芳《かんば》しくないときは、おにぎり持たせとけばどうにかなります。燃費悪く生んですみません！」

母は下手くそな取り扱い説明のようなことを告げただけではなく、なぜか私の燃費の悪さについて謝った。どうでもいいが結婚の挨拶《あいさつ》だというのに食のことばかりである。

他になにかないのか、と思わなくもないが、このちょっとおかしな楽しい人たちが私の家族だ。

時折死ぬほど面倒ではあるが、羽角さんも好きになってくれたらいいなと希望を持つ。

「こちらこそ、よろしくお願いいたします。瑠璃さんに生涯《しょうがい》ご飯を……特に白米を満腹になるまで食べてもらえるよう、一生懸命働きます」

にこにこと嬉しそうに冗談を飛ばす彼を見ながら、私は嬉しいのと照れくさいのとで肩を縮こませた。

挨拶《あいさつ》が済んでからは、みんなで一緒に夕飯を食べた。

時間がたち、お酒も入って緊張が解《ほぐ》れたのか、家族は概《おおむ》ねいつも通り。

全員が好き勝手に喋《しゃべ》って騒いで、羽角さんに質問を浴びせつつまとわりついている。

少々風に当たりたくなった私は、居間の襖《ふすま》を開き、外窓前の細い廊下に移動した。大きな窓をスライドさせるとカエルの大合唱が聞こえてくる。外の空気に触れ、カエルの鳴き声を耳にしながら、団欒《だんらん》の場から少し離れたその場所でぼんやり居間の様子を眺《なが》める。

そしてふと思う。

この光景を彼のご家族が目にしたら、きっと『とんでもない』とお怒りになるのだろう、と。

私自身もこの家も、私の家族も、彼には釣り合わない。彼にはふさわしくないと。

確かに私から見ても、あの中に羽角さんがいるのはイレギュラーで首を傾《かし》げてしまう心地ではある。

代々政治のお仕事を受け継いでいる由緒正しいおうちのご長男。

しかも、誰もが認める美貌《びぼう》を持っていて、才能溢《あふ》れる有名なデザイナーだ。

肩書も容姿も一際煌《ひときわきら》びやかな人。

けれど、どんなに似合わなくたって、私の家族との団欒《だんらん》の場で羽角さんはあんなに楽しそうに笑っている。釣り合いなど結局は周囲の評価で、些末《さまつ》なこと。最《もっと》も重要なのは彼の心であり、笑顔である。きっとそれがすべての答えだ。

彼のご家族——とりわけ彼のお父さんと羽角さんがわかりあうことは、もう難しいだろう。彼自身にそのつもりがないし、そこから解放されて安堵《あんど》している羽角さんを見ていると、これでよかったんだと割り切った上で納得している。

お姉さんからは一度だけ連絡があったそうで、彼女は実家を出て新しい生活を始めたそうだ。羽角さんの感情としてはまだ許す気にはなれないそうだが、いつか、彼とお姉さんの仲が修復したらいいと、私としては希望を持っている。

お姉さんに私のことを認めてもらうもらわないは、正直なところどちらでもいい。

そこが重要だとは、どうしても思えないからだ。

ただ——

「瑠璃」

私と同じく、グラスを手に持ったまま羽角さんがこちらへやって来る。

「あ、すみません、動物園の中に置き去りにしてしまって」

「ううん。本当に楽しいご家族だね」

彼はくすくすと笑いながら私の隣に腰を下ろした。

……ただ、ひとつだけ、申し訳ないが心に溜まっていることがある。

ポケットの中からスマホを取り出す。

無言でスマホを操作し始めた私を見て、彼は不思議そうにしていた。

「お母さーん」

口元に手を添えて母を呼ぶ。なぁに、と座ったままこちらを振り返った母に、質問をぶつけた。

「お母さん。前に電話で言ってたよね。結婚の相手は、人間なら誰でもいいって」

「うん、言ったけど」

「なら羽角さんがどんな人でも大丈夫ってことだよね。人間だから」

「なに、今さら。羽角さん、かなりレベル高い遺伝子持った人間だからお母さん文句一個もないけど」

「ふーん。あのね、実はちょっと見せたいものがあって」

えー、なに、持ってきてー。気のない返事をする母を尻目に、手にしているスマホの画面をちらりと彼のほうへ向けた。

「るっ、瑠璃！」

焦《あせ》る目元と上擦《うわず》った声。グラスを置き突如慌て出した彼に、居間にいる家族全員が首を傾《かし》げている。

――家の金で連日の大騒ぎ。ＳＭクラブ。政治家の長男が持つ特殊性癖。

ネット記事の小見出しを、羽角さんが手で覆《おお》う。

最後の特殊性癖については紛《まぎ》れもない真実だが、それは私にとってブーメランになるのでなにも言うつもりはない。

彼がご家族と離れるために起こした行動について、聞かされたとき。

私はパニック状態になった。

その後、デザイン業界も一時騒然とし、事務所では当然様々なトラブルが起きた。

羽角さんが持っていた案件については白紙になったものも多く、けれど続投したものも少なくはない。あれから三か月近くがたった今、仕事面では落ち着きを取り戻し始めているが。

仕事の場で各方面に頭を下げて回る彼の背を見ながら、なぜわざわざ彼自身に傷がつくようなやり方をしたのか、正直全く理解できなかったし、実際彼には何度も何度も説明を求めた。

そこから、なんとなくではあるが納得するに至ったのは、話の中に羽角さんらしい優しさが見えたからだ。

彼は『相手を叩くのではなく、自分を下げることで家族との関わりを断ちたかった』と言った。

圧力をかけるような方法もなかったわけじゃない、でもそれだと父と同じレベルで戦うことになるし、そういったやり方にはうんざりしていたから、と。

世間の方に「羽角の長男は家の金で遊び回っている」という印象を植えつけられるならなんでもよかったそうで、その方法としてＳＭクラブを選んだのは自分なりのポリシーだそう。

ちょっとよくわからないが、彼自身、予想以上に「ＳＭクラブ」について世間で批判が起こったのは心外なんだとか。

自分の性癖が発動するのは私相手のときのみだが、その部分を恥《は》じたことはないし、ＳＭのなにが悪い、と。

私としては、『家のお金でそういった場所へ通っていたことになってるから、そのせいじゃないですか。その部分を世間の方が批判するのは当然だと思いますけど』と言うしかなかった。

それから、私は羽角さんがＳでも好きですよと羞恥《しゅうち》を耐えて言ってみた次第だ。

そのあたりから論点がずれ始めていたし、わざとそういう方向に話を誘導されているのもわかっていた。

つまり、結果としては納得したのだが、またもはぐらかされたことが心の中にしこりとなって残っているのである。

「羽角さん大丈夫ですよ、だってほら、人間なら大丈夫だって」

多少びくつきながらも、仕返しの意味を込めて生意気なことを言ってみる。

目の前で彼があたふたしているのが、かなり楽しい。

こんな意地悪をして、仕返しの仕返しが空恐《そらおそ》ろしい気持ちもあるが、いつもいつも彼の掌《てのひら》の上で踊らされてばかりいるのは私だって不本意だ。

「ごめんなさい、瑠璃。ほんとにごめん」

羽角さんが本気で謝罪をしているのを見た家族が、そんな綺麗《きれい》な人を尻に敷くなと彼の援護射撃をしてくる。

そんな薄い尻で！　という声が飛んだのも聞こえた。恐らく母である。

「ほら、羽角さん、瑠璃はほっといて、こっちで飲み直しましょう。ちょっと璃菜ー、瑠璃におにぎり与えといてー」

諸々溜飲《りゅういん》が下がったのでスマホをポケットにしまいつつ、母に手をひかれて居間へ移動する彼のあとへ続く。

元の席に腰を下ろした途端《とたん》、「機嫌直せ」と妹が本当に特大のおにぎりを持ってきた。

なんだかよくわかっていない両親が羽角さんを励ましつつお酒を勧める横で、祖母と妹に「なになにがあったの」と詰め寄られる。賑《にぎ》やかすぎる家の空気に、もう笑うしかない。

そのうち、父がもじもじしながらトランプを持ってきた。

家族全員で飲むと必ず締めの時間帯に始まるトランプ大会だ。心得たようにみんながテーブルの上を片づけ始める。羽角さんに頭を下げながら説明すると、彼は驚いたように「俺も入っていいの？」と言った。

ババ抜きをしている間中《あいだじゅう》、羽角さんはとても楽しそうだった。

途中、完全に酔っ払った父を連れ、母が居間を出ていく。妹は畳の上でお腹を出したまま、うとうとしている。もう、と言いつつ薄い布団をかけてやると「お姉ちゃんよかったねー」と気の抜けた声で笑いかけてくる。

そして、それを見た祖母が小さな小さな声で言った。「おじいちゃんにいい報告ができるね」と。

今度墓参りに付き合ってくれるかいと涙混じりの声が響き、その言葉を受け取った彼は、明日にでもと答えていた。

「幸せだ」

祖母が自室へ向かったあとで、羽角さんが言った。

「……ずっと憧《あこが》れてたんだ。家族全員で食事して、飲んで好きに話してっていうの。誰の顔色も気にしないで、みんな楽しそうでさ。そんなの、架空の世界のことだと思ってた。だから、瑠璃の家族に体感させてもらえて本当に嬉しい」

「こちらこそ、そう言ってもらえて嬉しいです」

──去年の今頃。あの黄色の付箋《ふせん》を受け取ったことで、私の日常は大きく変化した。

私自身も変わったし、神様だと思っていた人との関係性も変わった。

彼の正体が変態だと理解した途端《とたん》、自分の変態性にも気づいてしまい、あれからずっと、一日のうちの長い時間、羽角さんのことばかり考えている。

愛情を分け合う喜びを知った。

体を繋げることで感じる歓喜《かんき》と愛しさを知った。

なにがあってもこの手を離したくないと、情熱の心を知った。

そしてなにより、この先のどの時間も一緒にいたいと思える幸福感を知った。

「あ、あの」

「ん？　なに？」

こっそり指を絡めて、掌《てのひら》を合わせる。

「うちの家族とこの家の動物園状態を見ても、羽角さんがそうやって笑ってくれるから。ちょっと……聞いてみようかなと思うことが、ありまして」

緊張で頬が強張《こわば》る。彼からもらった青色の——瑠璃色の宝石が輝く指輪にちらりと視線を落としたあとで、彼の美麗な瞳をじっと見つめる。

「私と、結婚してくれますか」

もちろん、こちらこそと即答が返ってくる。

「では……よかったら、水原晶斗さんに……なりませんか」

彼と結婚をすると決めてから、ずっと考えていたことだった。

なかなか言い出せずにいた分、心臓が激しく鼓動する。

目を見開いたまま数秒固まっていた彼は、なんと大口を開けて笑った。

彼らしくない、明るいだけの笑い声が私の育った古い家にこだまする。

「ごめん瑠璃、嬉しくて」

あんまり笑うものだからぽかんとしていた私にそう言いながら、彼は楽しそうに目尻を擦《こす》った。

「ありがとう。ぜひ、よろしくお願いします」

付箋《ふせん》を受け取ったことで始まったこの恋の結末には、多分、私が一番驚いている。

～大人のための恋愛小説レーベル～

ETERNITY
エタニティブックス

エタニティブックス・赤

ETERNITY Rouge

どこまで逃げても捕まえる。

策士な彼は
こじらせ若女将に執愛中

橘《たちばな》柚《ゆず》葉《は》

装丁イラスト／園見亜季

潰れかけた実家の旅館で、若女将になる覚悟を決めた沙耶《さや》。そのため海外に転職予定の恋人・直《すなお》に別れを告げるも、彼は納得せず、再会を約束して旅立っていく。彼との連絡を絶った沙耶は、旅館再建に奔走する日々を送っていたのだけれど……ある日、銀行の融資担当者から、融資の代わりに結婚を迫られた！　やむを得ず条件を呑んだ直後、沙耶の前に再び直が現れて!?

※エタニティブックスは大人の女性のための恋愛小説レーベルです。ロゴマークの色で性描写の有無を判断することができます（赤・一定以上の性描写あり、ロゼ・性描写あり、白・性描写なし）。

詳しくは公式サイトにてご確認ください。
http://www.eternity-books.com/

携帯サイトはこちらから！

春井菜緒（はるい なお）
2017年出版デビュー。頑張り屋のヒロインが好き。
趣味は物語を妄想すること、音楽鑑賞、スポーツ観戦。

イラスト：浅島ヨシユキ

本書は、「ムーンライトノベルズ」(http://mnlt.syosetu.com/) に掲載されていたものを、改稿・改題のうえ書籍化したものです。
また、作中で使われている付箋の言葉は、お題サイト『確かに恋だった』様から使用させて頂いております。

目論《もくろ》見《み》通《どお》り愛《あい》に溺《おぼ》れて？

春井菜緒（はるい なお）

2018年 8月 31日初版発行

編集ー斉藤麻貴・宮田可南子
編集長ー塙綾子
発行者ー梶本雄介
発行所ー株式会社アルファポリス
〒150-6005 東京都渋谷区恵比寿4-20-3 恵比寿ｶﾞｰﾃﾞﾝﾌﾟﾚｲｽﾀﾜｰ5F
TEL 03-6277-1601（営業） 03-6277-1602（編集）
URL http://www.alphapolis.co.jp/
発売元ー株式会社星雲社
〒112-0005東京都文京区水道1-3-30
TEL 03-3868-3275
装丁イラストー浅島ヨシユキ
装丁デザインーansyyqdesign
印刷ー図書印刷株式会社

価格はカバーに表示されてあります。
落丁乱丁の場合はアルファポリスまでご連絡ください。
送料は小社負担でお取り替えします。

ISBN978-4-434-24878-8 C0093